Wonen schemeren liegen

# Botho Strauss

# Wonen schemeren liegen

Vertaald door Nelleke van Maaren

Uitgeverij De Arbeiderspers
Amsterdam · Antwerpen

De vertaalster ontving voor deze vertaling een werkbeurs
van de Stichting Fonds voor de Letteren. Deze uitgave is
mede tot stand gekomen dank zij een subsidie van de
Commissie van de Europese Gemeenschappen.

Omslagontwerp: UNA (Will de l'Ecluse/
Dimitri Mau-Asam), Amsterdam

ISBN 90 295 3707 8/CIP

Wanneer merkt een man dat hij op een station dat niet meer wordt gebruikt tevergeefs op zijn trein zit te wachten? Op het platteland zijn tal van onbemande stations, stations zonder stationschef waar de loketten met karton zijn dichtgemaakt, de rolluiken voor de kiosk naar beneden zijn gelaten, geen krant, geen kaartje te koop is, en waar niettemin één of twee keer per dag een trein stopt die de dorpen met het streekcentrum verbindt.

Maar nu hangen er in de stationshal ook geen dienstregelingen meer achter de glazen ruit van het aankondigingsbord. De ruit is eruit gebroken en op de houten achterwand zijn een paar stickers geplakt, reclame voor een brouwerij. Ook de grote affiches met landschapsfoto's waarmee de v v v adverteert zijn half afgescheurd of met zwarte politieke symbolen bespoten. Uit niets valt af te leiden dat dit station nog in bedrijf is. En toch heeft de vermoeide wandelaar zich, nadat hij oud afval opzij heeft geveegd en zijn rugzak afgedaan, op een bank neergelaten. Tegen alle waarschijnlijkheid in wacht hij tot zijn trein zal binnenkomen en stoppen. Gedurende het eerste uur razen buiten een goederentrein en een sneltrein voorbij zonder dat ze van tevoren door een luidspreker zijn aangekondigd. Maar dat verbaast de man niet en doet hem niet twijfelen aan de zin van zijn wachten. Na vele uren eenzaam te voet te zijn voortgegaan is hij bij het station aangekomen – en dat gebouw, dat zonder bijbehorend dorp aan een dubbelspoor staat, biedt hem voldoende waarborg dat hij zich op de juiste plek bevindt om op een gemakkelijke wijze weer thuis te komen. Ook zal hij een logische gedachtegang volgen en tot de onvermijdelijke slotsom komen: als hier geen trein stopte, zou het open station er niet meer zijn, het zou zeker zijn gesloten om bij vermoeide wandelaars geen valse verwachtingen te wekken.

Dus blijft hij zitten en hoort in het verloop van enige uren een paar treinen voorbijrijden zonder dat zijn overtuiging dat zijn trein nog zal komen aan het wankelen wordt gebracht. Het is immers moeilijk, zo niet onmogelijk, in een wachtkamer plaats te nemen om je vermoeide benen rust te gunnen en, in strijd met de zin van die ruimte, te ervaren dat het wachten hier niet meer wordt beloond. Hij heeft zich op de harde bank uitgestrekt en zijn rugzak onder zijn hoofd geschoven. In het grote geheel van het station sluimert hij in. Zijn grote geduld, het allesoverheersende voorgevoel van de naderende thuisreis laat elk detail dat hem zou kunnen hinderen, dat zijn stemming nadelig zou kunnen beïnvloeden, aan zijn waarneming ontsnappen.

*

Onze drie kantoren grenzen aan een hal in het midden, meestal staan de deuren open en horen we elkaar – correcte stemmen in deze ruime vooroorlogse etage wanneer driemaal per week aan het einde van de middag raadzoekende personen tegenover ons zitten. Wij drieen, Jost, Günther en ik, hebben ontelbare keren hetzelfde soort bijeengelogen verhalen aangehoord en naar aanleiding daarvan onze enig mogelijke oprechte informatie verschaft. Ik weet mijn vriend Günther achter zijn opgeruimde bureau hiernaast, hij zal daar een potlood tussen zijn vingers ronddraaien en een wezen dat hem hunkerend naar raad aankijkt informatie verschaffen, alleen informatie, geen raad, terwijl ik in deze kamer in ongeveer dezelfde bewoordingen te werk ga.

Ik span me in om over dit permanente slaapwandelen dat de naam activiteit draagt verslag te doen, als was het bij wijze van uitzondering iemand gelukt door een miniem scheurtje van zijn hypnotische omhulling naar binnen te spieden en een glimp van zichzelf op te vangen als hij voorbijloopt, en zoal niet te zien, dan toch in elk geval de eigen, zojuist verklonken voetstappen te vernemen... Ik heb een gevoel alsof het ene deel van mijn wezen dat altijd luiwammest en gaten in de lucht staart naar het andere deel kijkt dat steeds nijver bezig is en voortjaagt.

Hoe het ook zij, mijn jongere collega Jost was naar mijn kamer gekomen, had op de leuning van de cliëntenstoel plaatsgenomen en gevraagd: 'Wat doen we met Koszniew en zijn aanhang?' Aangezien ik daar geen antwoord op wist, bezonnen we ons beiden een tijdlang zwijgend op dat probleem. Intussen bemerkte ik dat onze assistente Carola, met wie ik mijn kantoor deel, opstond en het raam met dubbel glas naar de straat opende – het was een zilverige dag in de nazomer en het kabaal van de beginnende avondspits golfde onmiddellijk onze kantoorruimte binnen. Ik weet niet waarom ze het juist op dat moment deed, en ik had me even van het Koszniew-probleem moeten losrukken om haar te vragen dat raam weer te sluiten. Intussen stond ze nu met over elkaar geslagen benen tegen de smalle kant van haar bureau geleund, en ik bedacht nog even dat ze niet gerechtigd was zich zo ongegeneerd bij onze werkonderbreking aan te sluiten. Ik zag haar en profil, in een perspectief waarvan de voorgrond werd beheerst door Jost die met zijn rug naar haar toe stond. Zonder iets in haar naar het raam gebogen, ogenschijnlijk verdroomde houding te veranderen, pakte ze plotseling met gekruiste armen de boord van haar okerkleurige mohair trui vast en trok die over haar hoofd uit. Hoewel ik de blik van mijn collega geen millimeter ontweek, onderscheidde ik op de achtergrond haar naakte ribben, haar geheven boezem en zelfs de broze wervelknobbels in haar lange nek. En het was op dat moment dat ik Jost verbijsterd moet hebben aangestaard... Ik wist nu dat hij degene was met wie mijn vrouw zich had ingelaten. Jost dus... tegen hem had ik nooit de geringste verdenking gekoesterd. Als een bliksemflits had die zekerheid me bij de aanblik van de naakte assistente getroffen.

In Günthers kamer rinkelde de telefoon. Er werd niet opgenomen. Ik hoorde hem dossiers in de kast zetten en de deuren dichtschuiven. Ik hoorde hem de hele tijd overduidelijk, alsof mijn oren het geluid versterkten. Waarom nam hij de telefoon niet op? Ik keek Jost nog steeds hulpeloos aan, en toen ik me oprichtte om te gaan staan, pakte hij me bij de arm en dwong me op mijn plaats te blijven. Ik zag dat Carola haar trui alleen maar binnenstebuiten had gekeerd en nu met de steengrijze kant naar buiten weer had aangetrokken. Nog steeds leek ze, met beide handen op haar spijkerbroekdijen, naar een raam van het huis aan de overkant te staren. Het leek of ze zich uitstrekte voor de blikken

8

van iemand die aan de overkant van de straat uit het raam hing, of eigenlijk of ze het zo wilde laten lijken, de indruk wilde wekken dat ik mijn hoofd niet behoefde om te draaien om me daarvan te vergewissen.

*Ik* was het die haar naakt zag, en ze wist dat Jost me het zicht op haar niet benam. Iedereen op kantoor had inmiddels begrepen dat ze achter Jost aan zat. Die had haar echter niet gezien, hij stond met zijn rug naar haar toe, terwijl hij bezig was mij in zijn Koszniew-probleem te betrekken. En toch – ik kan het niet helpen – maakte het op mij de indruk van een dromerig, arglistig samenspel tussen hen beiden. Ik ben ervan overtuigd, dat alleen Josts aanwezigheid haar ertoe aanzette zich achter zijn rug uit te rekken en te ontkleden. En juist die ongelooflijke achteloosheid waarmee ze dat onder mijn ogen deed, had me ineen doen krimpen. Die schok dat ik als man was gedegradeerd, was het die me de ogen opende en duidelijk maakte dat voor mij alles om Jost draaide.

Toen het ergste een paar weken later achter de rug was, schaterde Marion het uit toen ik haar het verhaal vertelde van het moment waarop ik de afschuwelijke ontdekking deed dat ze me met Jost bedroog.

'Carola is een hopeloos geval,' zei ze alleen. En: 'Is ze tenminste mooi? Vind je dat ze een mooi lichaam heeft?'

'Op dat moment zag ik uitsluitend jouw ontrouw. Haar lichaam was doorzichtig als een glazen bol waarin ik, heel klein en ver weg maar onmiskenbaar... hem en jou ontwaarde.'

Opnieuw lachte mijn vrouw alsof ik een bijzonder geestige opmerking had gemaakt. Het was dat schaterende, al te bevrijde lachje dat me niet beviel. Ik wist niet zeker of het alleen maar wat kunstmatig, wat geaffecteerd klonk, of dat het voortkwam uit een inzicht dat veel beter dan het mijne overzag wat er met ons aan de hand was.

*

In een trappenhuis met marmeren pilasters en eikenhouten balustraden staat een man en aarzelt om vanaf de bel-etage de laatste, met donkerrode kokosloper belegde trap naar de uitgang af te dalen. Met gebogen hoofd staat hij daar, zijn hand al op de gebeeldhouwde knop van de trapleuning, terneergeslagen, krachteloos van besluiteloosheid, en uit zijn houding spreekt iets door en door statisch, iets dat wellicht voor altijd stil is blijven staan. Een vrouw in een stofgrijze mantel van gewassen zijde vlijt haar wang tegen haar gevouwen handen die ze op zijn rechterschouder heeft gelegd. Ze kijkt achterom, de schemerige achtergrond van de bel-etage in waar de liftschacht eindigt, kijkt peinzend als was het gevaar dat ze net achter de rug had al in vredige herinnering verzonken. Naast de messingplaat met de liftknoppen leunt een andere, wat kleinere vrouw met een kwajongensgezicht. Het is vrij rond, haar haar is kort als een borstel, dik en licht krullend. Ze heeft een rechte, enigszins buisvormige neus met brede neusvleugels. Haar lippen zijn geprononceerd, bijna dik, haar nootbruine ogen rond als speldenknoppen. Als ze lacht vernauwen ze zich tot twee donkere spleetjes en haar mond onthult korte tanden met ver doorgroeiend tandvlees. Haar wangen worden rond, vullen zich pas echt als ze lacht. Ze is iemand die met monter zelfbewustzijn van zichzelf kan zeggen dat ze geen schoonheid is. De oogspleetjes als ze lacht wijzen op een betrouwbaar karakter – je kunt, je moet tegenover haar duidelijk zeggen waar het op staat. Bovendien onthullen ze dat haar lichaam iets ongedwongens, alerts en gezelligs heeft, en ook weinig behoefte aan bescherming. Waarschijnlijk klinkt haar stem wat smachtend, maar niet hees.

Velen zou de strenge onbekommerdheid die ze als voorwaarde stelt voor elke ontmoeting, elke uitwisseling, ongeacht of het om tederheden of om opinies gaat, eerder afschrikken dan charmeren. Bij haar kan niemand in zijn problemen vluchten. Ook speelt om haar gewelfde mond een zweem van geborneerd-beweren en beter-weten, die ongetwijfeld al verscheidene mensen die boven aan de trap aarzelden op hun nummer heeft gezet als ze zich wilden beklagen. Zelfbewust en vastberaden zegt die gelaatstrek: ik geloof niet dat ik wie dan ook leed berokken.

Die man die is blijven staan bijvoorbeeld, de man die haar nu de rug toekeert en wiens aanminniger vriendin tegen zijn schouder leunt, wordt tegenover haar, tegenover dat donkere vrouwtje juist in de overtuiging gesterkt dat híj, en hij alleen voor zijn ongeluk verantwoordelijk is.

Het merkwaardigste aan de positie van de drie mensen ten opzichte van elkaar is in feite dat het opschorten van een noodzakelijke beslissing hen alle drie heeft doen verstarren in schier eindeloze minuten waarin het denken vervaagt en zijn doel verliest, zodat ze veranderd zijn in volstrekt doelloos verwijlende figuren.

Zoals je uit een elektronisch beeld de kleur kunt wegdraaien, zo had hier een beschuttende schemering – die uit het centrum van hun besluiteloze situatie over hen kwam – alle drie beroofd van de kracht om te besluiten en te handelen.

'Ik doe alles verkeerd,' zei de man op zeker moment zacht, vanuit het dieptepunt van de stilstand. Waarop de vrouw die bij de lift stond (en met zekerheid niet op de lift wachtte), of ze het nu gehoord had of niet, haar dikke lippen bliksemsnel naar binnen zoog en haastig langs elkaar wreef, als iemand die net lippenstift of crème heeft opgebracht.

Een lelijke, robotachtige, onbeheerste beweging, de nadering van bekrompen gesjacher, van op voordeel beluste begeerte; in elk geval een verwrongen vertrek- ken van haar gezicht dat haar waarschijnlijk niet was overkomen ten overstaan van hem, onder de blik van een man zolang die nog op de toppen van besluiteloos- heid balanceerde, want hem had die blik die zo duister en boosaardig met haar heldere, jonge gezicht contras- teerde, alleen maar kunnen afschrikken.

Maar gezien had hem alleen de ander die tegen zijn schouder leunde en terugkeek, en zij, als vrouw, nam er geen aanstoot aan.

*

Hij was eenvoudig gebleven. Sinds het staken van zijn studie, zoals hij het noemde, al bijna twintig jaar gele- den nu, woonde hij bij een vriend die allang geen vriend meer was. Toen ze samen van de technische hogeschool kwamen waren ze aanvankelijk met zijn vieren in het grote appartement. Sven, de architect, en diens vrouw en hijzelf met Elsa, zijn jeugdliefde, die in dit apparte- ment zelfmoord had gepleegd. Daarna was hij verhuisd naar de kleinste kamer, de vroegere dienstbodekamer, niet alleen omdat geldgebrek hem daartoe dwong, maar ook omdat hij de kamer waarin hij samen met Elsa had gewoond niet voor zich alleen wilde hebben. Dat was nu de logeerkamer, en niets herinnerde er meer aan dat het ooit de kamer was geweest waarin zijn vroegere leven was geëindigd.

Veel had hij niet bereikt in het leven. De academische carrière waarop hij als architectuurhistoricus had gehoopt was mislukt. Langzamerhand had hij elke ambitie verloren, hij naderde inmiddels de vijfenveertig en leefde van freelance werk dat hij sporadisch ten behoeve van monumentenzorgers of stadsplanners verrichtte.

Sven Breuer, nu een hoge gemeenteambtenaar, woonde intussen samen met een nieuwe, jongere vrouw en samen wijzigden ze de indeling van de flat en moderniseerden en renoveerden grondig, ook de kamer van de onderhuurder, die daarover zelf echter in onwetendheid werd gelaten. De hoofdhuurders verlieten elke ochtend om een uur of acht het huis om er gewoonlijk pas 's avonds laat terug te keren. De twee mannen zagen elkaar nog slechts in het voorbijgaan in de hal, wisselden nauwelijks nog een persoonlijk woord, hoogstens viel er af en toe iets praktisch te regelen. Jörg Helty woonde nu bij zijn vriend in huis als in een pension, hij leed onder de steeds grotere verwijdering en vervreemding, tussen dezelfde muren waar ze eens zo heel anders hadden samengewoond. Hij begreep niet waarom de twee anderen hem eigenlijk nog duldden in het appartement. Misschien hielden ze, niet zonder hem achter zijn rug naar de duivel te wensen, rekening met zijn benarde financiële situatie, of waren het sentimentele redenen die Sven beletten zijn nogal in het nauw gedreven huisgenoot helemaal op straat te zetten.

's Middags tussen vier en zes plaatste hij zijn stoel vlak bij de voordeur in de hal. Het tijdstip waarop geleidelijk alle huurders en onderhuurders, vrouwen, mannen en kinderen het huis binnenkwamen, terugkeerden voor het avondeten en het vroege avondprogramma op de televisie. Het was geen nieuwsgierigheid die hem ertoe dreef hen aan de deur af te luisteren, maar hij wilde allerlei verschillende voetstappen op de trap van elkaar onderscheiden. De waarneming steeds weer scherp stellen op ieders individualiteit, de onverwisselbaarheid van elke voetstappenreeks, van elke voetstappensoort, dagelijks de waarneming oefenen, alert en messcherp onderscheid maken, niet versagen... Nooit mocht het meer zover komen, zoals ooit was gebeurd, dat hij de controle over de subtiele waarneming verloor en mensen in een gruwelijk ongespecificeerde lawine van algemene voetstappen de trap had horen afdaveren. De onderscheidende kenmerken instuderen! Ieder al beneden bij het begin van het trappenhuis de passende verdieping, de juiste deur toewijzen! En tot dat punt een waakzame, vertrouwde begeleider voor hem zijn.

Stella van de vierde verdieping – die met die wat uitpuilende ogen en dat steile donkerblonde halflange haar – woonde alleen met haar driejarige zoontje Sylvio, ze moest voor het einde van het jaar haar flat uit, haar man – een linguïst – had een baan in Austin/Texas kunnen krijgen, ze mocht niet overkomen, ze konden niet goed meer met elkaar overweg. De makelaars legden de telefoon onmiddellijk neer als ze uitlegde wat voor soort woning ze zou willen hebben, ze raakte nu langzaam in paniek. Psycholinguïste, gepromoveerd. Ze werkte bij de GGD, beoordeelde vragenformulieren, haar zoontje verbleef vaak zeven uur per dag bij een gastmoeder. Ze had geen geld, haar man moest nog voor een oudere dochter uit zijn eerste huwelijk zorgen, ze wist niet tot wie ze zich moest wenden. Stella moest maar langskomen om persoonlijk kennis te maken, stelde een onroerend-goedfirma voor die nog over voldoende woonruimte beschikte. Ze loog natuurlijk dat het een aard had. Ze moest wel liegen, anders had ze van het begin af aan geen kans gemaakt. Haar man kwam twee weken voor Kerstmis over uit de Verenigde Staten om de jongen te zien. Hij was zo vriendelijk nog één keer samen met Stella gezinnetje op huizenjacht te spelen.

'Hadden we ons dit ooit kunnen voorstellen? We hebben altijd geweten dat het niet gemakkelijk zou zijn, allesbehalve eenvoudig om een goede baan te vinden. Maar dat we er nooit in zouden slagen het beroep dat we hebben geleerd zelfs maar uit te oefenen... ik in elk geval niet. Mijn god, wat waren we destijds gelukkig met onze eerste successen, jubelden over het slagen voor een tentamen, en we hadden geen idee dat het allemaal niets waard zou zijn. Maar in elk geval zijn we ooit – destijds waren we ontzettend moedig, en nog verliefd, heel erg zelfs. En verstandig. En mooi. Ja, mooi waren we, Hannes, jij vooral en ik was ook mooier dan nu, nietwaar? Kon ik maar naar je toe komen.'

'Ik heb je al vaak genoeg gezegd dat daar even weinig mogelijkheden voor je zijn als hier. Ik heb ontzettend veel geluk gehad. Verder niets. Die baan is overigens bescheiden genoeg.'

'Ja, dat weet ik. Je kunt me niet eens helpen met de huur. Het zou veel goedkoper zijn, als we daarginds bijvoorbeeld een huisje huurden, misschien buiten de stad. Je dochter zou wat mij betreft ook bij ons kunnen wonen, als je dat wilt.'

'Hoor eens, als ze dat zou willen, ja. Maar ze wil niet. Het zou meer zin hebben als jij me Sylvio meegaf. Zij zou voor hem kunnen zorgen.'

'Jouw dochter – voor onze zoon? Maar als hij niet bij me was, als ik niet elke dag in zijn vreugde en warmte kon delen, zou ik nu nauwelijks nog de kracht hebben om...'

'Zeker. Maar al klinkt het misschien hard, het leven van mijn zoon gaat me meer ter harte dan dat van jou. Jij hebt nu iets zieligs. Ik ben bang dat je hem psychisch belast.'

'Niets zieligs! Helemaal niets zieligs als hij en ik tevreden zijn... je vergist je. Wat erg. Wat gevoelloos. Wat moet ik in jouw ogen zonder kraak of smaak lijken. Grijs. Hebben we niet eens meer de kans om het daarginds in elk geval te proberen? Geen enkele... kans?'

Ze bleef beide namen gebruiken, die van zichzelf en die van haar man, mevrouw Riek-Wagner, en was, naar ze hoorde, een van de zeshonderd gegadigden voor dezelfde betaalbare tweekamerflat.

'...ik kon toch niet weten – zijn korte vingers vielen me de eerste keer al op, korte, norse vingers met afgekloven, ontstoken nagels, rode vingers, ze leken uitgebeten, aangetast door schuurmiddelen –, ik kon toch moeilijk vermoeden, toen ze het bierglas omvatten, omklemden, toen ze snel en netjes de zoutkorrels van de pretzels plukten, afpulkten – geen natrium, geen zout! – dat het in feite de handen van een onmens waren...'

Helty begaf zich nu menige avond naar de vierde verdieping om Sylvio naar bed te brengen en voor te lezen als zijn moeder op pad was om kennissen te treffen die, wellicht, eventueel, iets over een verdieping hadden gehoord. Als ze 's avonds laat thuiskwam, zat Helty in haar diepe fauteuil in de woonkamer te lezen en naar Gesualdo's madrigalen te luisteren. Al onderweg dacht ze daaraan, terwijl ze nog met die anderen

16

zat te praten verheugde ze zich erop dat er thuis iemand op haar wachtte en vast en zeker in haar stoel zou zitten als ze thuiskwam.

Dan haalde ze nog een flesje bier uit de ijskast en maakte voor Helty, die niet tegen alcohol kon, een glas melk met vruchten of ijs met warme frambozen klaar. Daarna volgde nog een uurtje of wat praten met elkaar, en meer en meer luisteren naar elkaar, voordat Helty de trap afging naar zijn kamer. Beiden merkten dat de klaagzangen geleidelijk aan een steeds minder grote plaats in hun gesprekken innamen en de wederzijdse aandacht niet meer alleen een gevolg was van de inhoud van de mededelingen die ze uitwisselden. Helty constateerde in elk geval tot zijn opluchting dat hij weer in staat was met een vrouw samen te zijn, te meer daar het een vrouw was die Elsa nog had gekend. Want dat bevredigde zijn diepe behoefte te blijven waar hij was – dat beslissende voorvallen en genegenheid in zijn leven alle onder hetzelfde dak moesten plaatsvinden. Dat hij het huis niet behoefde te verlaten om iemand die hij al jarenlang op de trap tegenkwam uiteindelijk tot in bed te volgen. Op een avond bleef hij slapen, maar sloop in de grijze ochtendschemering van de vierde verdieping naar beneden, opdat Sylvio hem niet zou zien.

Het was de zomer na de openstelling van de grens en Berlijn was weer een stad die vrij in zijn omgeving lag, het oude, stille landschap van de mark Brandenburg. Ongehinderd, zonder controles of irritante waarschuwingen konden de oostelijke delen van de stad worden verkend en Helty, zelf als bevrijd, verliet zijn vrijgezellenkamer en trok er dag in dag uit op uit met de s-Bahn of de bus, naar Grünau, Strausberg, Ferch en steeds

weer naar het park in Potsdam. Alleen al het onvoorstelbare feit dat je te voet de Glienicker Brücke kon
oversteken! Wat had die daar niet tientallen jaren lang
ongelooflijk gesloten gelegen, als een symbolisch tegendeel van een brug, zelfs als het aanschouwelijkste teken
van het dode einde van de geschiedenis in het algemeen
waartoe de dictatuur in het Oosten had geleid. Niemand die die zomer de brug betrad had waarschijnlijk
in de verste verte ooit gedacht dat het prikkeldraad
waarachter dit wonderschone land in zijn onzalige
doornroosjesslaap verzonken lag zich van zijn levensda-
gen ooit zou openen.

De grote vakantie van Sylvio brachten ze door met
tochtjes naar van alles en nog wat, ze fietsten door het
Havelland en de Uckermark. En toen Stella uiteindelijk
zelfs een nieuwe etage vond, drukte ze Helty nog stevi-
ger tegen zich aan, haar hele lichaam als het ware gesterkt door geluk. Een verlangen dat hem enigszins
verraste, omdat het heftiger leek te worden zonder aanzien des persoons, zíjn persoon met dat nogal hangende, kromgegroeide lijf.

De enige schaduw over deze onbezorgde dagen was
de merkwaardige zorg van Helty dat hij geen ongedwongen verhouding tot Stella's zoontje zou kunnen
ontwikkelen. Hij kon nu eenmaal niet met kinderen
omgaan, zei hij van zichzelf. En Stella keek hem verwonderd aan: hoe vaak had hij niet aan Sylvio's bed
gezeten, hem voorgelezen en met hem gespeeld! Hoe
doet een man die eigenlijk niet van kinderen houdt dat
dan? Er school veel slechtheid in hem, bekende hij in
een opwelling van zelfverwijt, te veel verdorven leven
dan dat hij werkelijk in de buurt van een kind mocht
komen; en omdat Sylvio al genoeg te lijden had onder
de afwezigheid van zijn vader, diende hij in elk geval

verschoond te blijven van de sombere grillen van een gestrande ziel... Hoe hij ook praatte en zichzelf aanklaagde, Stella geloofde hem niet. Ze was ervan overtuigd dat hij met zijn omslachtige verhalen in laatste instantie maar één vraag stelde, namelijk wie moet in de toekomst Sylvio's vader zijn? Maar daarop kon ze hem voorlopig geen antwoord geven. Ze probeerde daarentegen wel zijn twijfel aan zichzelf weg te nemen en creëerde, wat al te opvallend, gelegenheden die hem moesten bewijzen hoezeer de jongen op hem was gesteld.

Wanneer Helty in de ergste fase zijn drankzucht niet meer verborgen kon houden, keerde hij terug naar zijn geboortedorp. Een haveloze, voortijdig afgetakelde man die dan zijn toevlucht zocht bij zijn oude moeder.

'Iemand heeft iets onaangenaams gezegd,' was de enige reden die hij voor zijn plotselinge bezoek gaf. Iemand had een verkeerd woord gekozen en hij was van tafel opgestaan, gekwetst en vernederd door de nacht gerend en had zich veertien dagen lang laveloos gezopen.

Hij was gewoon 'in de wieg gelegd om te vallen', zoals hij het zelf uitdrukte. Hij viel inderdaad en verwondde zijn gezicht. Hij werd gehecht en zette zijn kroegentocht voort.

Zijn moeder hoorde in de kamer boven gestommel en een doffe dreun. De dronkeman was midden in de nacht opgestaan en probeerde op te bellen. De telefoon viel op de vloer, hij liet hem liggen en kroop weer in bed.

's Ochtends zat hij kaarsrecht aan tafel en sloeg de krant open. Lang niets gelezen. Vroeger te veel. Nu was hij er trots op dat het lezen hem nog goed afging. Hij ten dele begreep wat hij las. Samenhangen kon volgen. Dan weer was er niets dat enige samenhang vertoonde. Alleen gaten, een traject met onberekenbaar veel gaten, waardoor je in een andere richting moest denken.

Hij ging met de bus naar het bos, naar het boswachtershuis annex café, om zijn eerste dorst te lessen. Hij zag de hellingen met weilanden en boomgaarden en kon niet nalaten luid 'Wat mooi! Mijn geliefde land!' te fluisteren.

Als in een slaap die dertig jaar eerder was begonnen liep hij over de heuvels waar in elke bocht van de weg tussen sleedoorn en vlier nog een gedachte hing die op dezelfde plek, bij déze aanblik, als negentienjarige bij hem was opgekomen, hier aan een auto die hij niet kon betalen, daar aan iets dat Sartre had geschreven en waarover hij met Elsa had gesproken. Nauwelijks te begrijpen dat het zaad van talloze achteloos op velden en bomen geworpen blikken hier na zoveel tijd ontkiemde. Waar ooit geen enkel gevoel voor de schoonheid van het landschap had bestaan, werd die schoonheid nu een koesterende schuilplaats voor al die nieuwe beginnen die hij overal tussen de twijgen hoorde fluisteren. En plotseling leek het in deze intense vereenzaming van de terugkeer bijna om het even of hij destijds met de ene had gesproken of nu met een ander: spreken deed je altijd vanuit begeerten die niets met de woorden, met het spreken te maken hadden, en zij alleen lieten je overmoedig en vrijpostig worden in een geduldig glimlachend landschap en onder elzenbomen die met hun veel snellere, opgewonden geruis je praten zacht parodieerden. Violette klaver, monnikskap, dotterbloemen, pluimen van grassoorten die een achteloos langsstrijkende hand tijdens het gesprek verkruimelde...

Toen zijn nieuwe geliefde hem na dagen van zoeken en vertwijfelde naspeuringen eindelijk aan de telefoon kreeg, sprak hij een streekdialect dat ze niet begreep en lalde niets dan onbegrijpelijke frasen. Stella herkende hem niet, verward bleef ze maar naar Helty vragen. Ze wilde domweg niet geloven dat de man die daar sprak dezelfde was met wie ze een heerlijke zomer had doorgebracht en met wie ze sinds kort zo'n nauwe band had.

Drie weken later keerde hij terug naar de stad, zat opnieuw in zijn kamertje en deed of de bezoeken aan de vierde verdieping uit zijn herinnering verdwenen waren. Hij ordende zijn materiaal zoals hij altijd had gedaan, vroeger waren het industriële bouwwerken, nu graansilo's en dorpskerken in Brandenburg. Zijn leven lang was hij met los materiaal in de weer geweest, hij bleef maar verzamelen, vond steeds nieuwe aanzetten voor mogelijke, maar nooit dringend noodzakelijke onderzoeken. Na een dag of drie, vier herkende hij, luisterend naar de voetstappen op de trap, Stella en Sylvio die op zijn verdieping bleven staan en aan de voordeur luisterden.

Hij bleef roerloos zitten, maar voelde een steek in zijn hart. 's Avonds begaf hij zich naar de vierde verdieping. Hij gaf geen blijk van beschaamde verlegenheid, kwam niet berouwvol en deemoedig, deed zelfs geen moeite weer in genade te worden aangenomen.

Hij was er gewoon weer en was opnieuw – op de open wond boven zijn rechterjukbeen na – dezelfde stille, attente man die haar in de lichte zomermaanden gezelschap had gehouden, geen schoonheid, maar ondanks zijn kromme schouders een man die voldoende kracht bezat om vol vertrouwen vast te houden en te omhelzen. Stella's vreugde bij het weerzien was oprecht, maar kwam niet uit de grond van haar hart.

Natuurlijk moesten ze, zoals gebruikelijk is, uitpraten wat er was gebeurd. Maar aangezien dat gebeurde met woorden en op een door en door verstandige en begripvolle wijze, raakten ze niet aan het eigenlijke machtige duister. De verschrikkelijke gedaanteverandering van Helty leek daarom maar half zo gevaarlijk en, dankzij de handzame begrippen, in elk geval voor verbetering vatbaar.

Pas na enige tijd merkte hij dat ze iets minder serieus, iets geringschattender tegen hem sprak dan vroeger – dan voor het moment dat ze hem had horen lallen. Zoals je soms een buitenlander die onbeholpen Duits spreekt net dat beetje te ongeduldig antwoordt dat hem bestempelt tot iemand met beperkte verstandelijke vermogens. Het deed Helty pijn, maar het zette hem er ook toe aan alles te doen om Stella's vertrouwen terug te winnen. Allereerst wilde hij meer tijd aan Sylvio besteden, meer voor het plezier van het kind ondernemen dan ooit tevoren. Hoewel hij zich ernstig inspande en tegen zijn eigen innerlijke traagheid vocht om haar wijkende liefde vast te houden, wilde de vroegere onbekommerde verstandhouding tussen hen niet terugkeren. Wanneer hij haar omhelsde, bleven haar ogen merkwaardig vragend en de onaangedane glimlach verdween niet van haar gezicht. Tegelijkertijd zocht ze zijn nabijheid en verzekerde hem steeds opnieuw dat ze geen blijdere verwachting kende dan hem de trap te horen opkomen, hem bij zich te hebben, en dat hij voor het kind allang onmisbaar was geworden.

Voor het eerst sinds de dagen van haar koortsachtige huizenjacht zei Stella dat ze een avond alleen weg wilde. Een vriend van haar man, iemand die ze zelf niet kende, had contact met haar gezocht. Hij was net teruggekeerd van een gastcollege in Austin/Texas en wilde haar een paar foto's geven. Nerveus maar zorgvuldig had ze zich klaargemaakt: opvallend opgemaakt, een kleurspoeling in haar haar en nagels groen-zwart gelakt. Na van alles te hebben aangepast bleef ze ten slotte bij een jurk met een breed uitgesneden decolleté, sloeg een vlierkleurige sjaal om haar blote hals en had zich, zo vond Helty, over het geheel genomen met twijfelachtige smaak en te goedkope effecten uitgedost. Hij bracht Sylvio naar bed en at in de keuken de restanten van de kinderpizza op.

Net als in de eerste dagen van hun relatie ging hij vervolgens in de fauteuil in Stella's werkkamer zitten. Hij probeerde de krant te lezen, maar slaagde er niet in de naderende pijn uit zijn hoofd te zetten. Dat hij het kind niet meer zou zien zou hem het moeilijkst vallen. De laatste tijd voelde hij zich onder invloed van het levendige, aanhankelijke jongetje regelrecht 'verbeterd', niet alleen wat zijn karakter, maar ook wat zijn gezondheid betrof. Hij voelde zich gelukkig als hij met hem samen was en vaak dacht hij de nabijheid van het kind zelfs hard nodig te hebben, omdat die hem evenwichtiger maakte en hij meer weerstand kon bieden aan de bij vlagen hevige verleiding opnieuw onder te duiken en... zijn spraakvermogen te verliezen.

Tot zijn verrassing hoorde hij al na nauwelijks anderhalf uur de sleutel in het voordeurslot en was Stella terug. Bleek, volkomen overstuur en met behuilde ogen. Ze liep naar de slaapkamer en wierp zich op het bed. Hij volgde haar, probeerde haar te kalmeren, maar kreeg nul op het rekest. 'Wat is er gebeurd?' had hij bezorgd, maar te gezapig gevraagd, zijn toon klopte niet, er klonk een zucht van verlichting in door, een gevoel van opluchting en tevredenheid, zodat ze bruusk, zelfs laatdunkend antwoordde: 'Wat begrijp jij er nou helemaal van!?'

Hij keerde terug naar zijn fauteuil. Ten slotte leek ze zichzelf weer meester. Ze kwam bij hem zitten en sprak rustig, maar nog steeds hoofdschuddend en niet-begrijpend. 'Zoiets heb ik nog nooit meegemaakt.' Ze beschreef hem de ontmoeting met die 'vriend van haar man'. Hoewel uit haar verslag niets viel op te maken dat de uitdrukking van ongelovige verbazing op haar gezicht rechtvaardigde, herhaalde ze de woorden 'Zoiets heb ik nog nooit meegemaakt' verscheidene malen.

'Wat is er dan toch?' vroeg Helty schuchter. Ze vervolgde de nuchtere beschrijving van haar avondmaal, waarin niets aanstootgevends te bespeuren viel. Alleen liet ze zich wellicht iets te uitvoerig uit over de kleding en het prettige uiterlijk van de man en zijn professionele en persoonlijk status.

'Wat is dat in hemelsnaam voor man!?' onderbrak ze opeens haar betoog en haar vraag verried ingehouden, intense woede. Nog steeds kon Helty met de beste wil van de wereld uit haar verhaal niet afleiden wat haar tot die noodlottige verzuchting bracht. Hoe ernstiger ze zich afvroeg wat voor innerlijk de man in kwestie had, des te oninteressanter, zo leek het, werden de mededelingen die ze over hem deed. Toch moest er iets zijn

gebeurd. Een enkele opmerking die haar diep had geraakt, wellicht gekwetst of ontzet. Maar daarover meldde ze niets. Een ogenblik twijfelde Helty nog of de vele
woorden die ze gebruikte wellicht alleen maar een werkelijk ingrijpende ervaring moesten verhullen waarover
ze niet openlijk durfde spreken, niet nu, niet met haar
goede vriend... Maar toen kwam hij tot een andere con-
clusie. Hij zag dat het ongehoorde waarover ze zich
opwond juist en uitsluitend lag in de zinloosheid waarin de ontmoeting met deze onbekende man was verlopen. Dat ze met te hoog gespannen verwachtingen het
huis had verlaten, had hij zelf moeiteloos kunnen vaststellen. En omdat het een vriend van haar man betrof
met wie ze had afgesproken, had ze er wellicht zelfs van
gedroomd de man in de verte nog als laatste gebaar iets
bijzonder smadelijks aan te doen. Maar Helty merkte
dat er gewoon niets was gebeurd en dat niettemin deze
mislukte avond van haar ook voor hen beiden de laatste
zou zijn. De voortijdige terugkeer van de grenzeloos
teleurgestelde vrouw was voor hem een even bitter afscheid als wanneer ze de hele nacht was weggebleven.

'Het was een mooie zomer,' schreef hij een maand later
aan Sylvio en Stella ter gelegenheid van hun verhuizing
naar de nieuwe flat, 'het was een mooie zomer waarin
we onverwacht in een open stad woonden en die stad
vele malen verlieten om het nieuwe land in te gaan. We
waren samen – samen in het park van Babelsberg en in
de eenzame Oderweiden. In Güstrow en Neuruppin.
In het bos aan de Spree en aan de Sarkower See. In
Rheinsberg en Chorin, in het Märkische en het Meck-
lenburger klein Zwitserland. Twee keer aan de Müritz,
bij ooievaars, kraanvogels en zeearenden. En een keer
in de kerk van Jericho in het Havelland!... Wat een

groots begin!... Over jullie vroegere huis vallen alleen maar droeve zaken te berichten. Vlak voor mijn raam wordt een kantoorgebouw uit de grond gestampt. Mijn vrije uitzicht is voor altijd verleden tijd. Hier heb ik gezeten, negentien jaren zijn hier langs me heen gegleden en nu worden er kranen en steigertorens in mijn licht gezet, laadplateaus piepen, betonmixers knarsen (net als mijn hoofd!) – ik heb het gevoel of mijn verblijf hier, mijn uiteindelijk toch heel sterke verblijf hier niet gewoon ophoudt, maar met geweld beëindigd, ja zelfs met wortel en tak uitgeroeid wordt. In elk geval heb ik de Breuers gezegd dat ik wegga. Einde van een lang verblijf. Een bescheiden hebben en houwen wordt gepakt (een hoop scherven bijeengeveegd, beter gezegd). Op ander goedkoop onderdak bestaat geen uitzicht. De spullen – hebben en houwen! – worden voorlopig bij mijn moeder opgeslagen. In de komende tijd zullen we weer min of meer zonder vaste verblijfplaats zijn. Maar jullie beiden wens ik een gelukkig nieuw thuis.'

*

Julia speelt in het zand. Met haar geel plastic schepje graaft ze voor de kiosk op het duin, drukt zich tegen de gesloten rolluiken waarop schuine moppen en leuzen zijn gespoten. De eerste voorjaarsdag aan zee... te zien het doffe gezichtje van het kind, als droeg het de jaren al in zich waarin we niets meer begeren en geen rol meer spelen. Reeds afgemat door miezerige vooruitzichten, zo lijkt het. Het schijnt zwak en gedempt, dat kleine gezichtje, als was het een leeg ontwerp met voorgetekende contouren dat alleen kan worden ingevuld door bitterheid en ongenoegen.

Julia's moeder leunt tegen een houten balustrade

langs een pad van betonplaten dat naar het strand beneden voert. Ze houdt het wintermanteltje van haar dochter tegen haar buik gedrukt en knippert tegen de zon. Af en toe maakt ze zich los van de balustrade, doet een paar stappen op het betonnen pad dat achter de kiosk bij de parkeerplaats ophoudt, kijkt achterom, kijkt steeds opnieuw *waar hij toch blijft...* waar blijft hij toch?

Iemand is onderweg achtergebleven. Iemand laat op zich wachten.

Op willekeurige plekken overvallen haar steeds weer deze vlagen van niet-begrijpen die van haar hart naar haar knieën schieten, zodat ze onwillekeurig een paar stappen moet lopen, terug, om te kijken waar hij toch blijft. Dan is het of hij het volgende moment om de bocht van het pad zal opduiken. Zo lijkt het haar, in de volmaaktste waarschijnlijkheid en de stralendste zekerheid. Hij kan toch niet eeuwig wegblijven en mij alleen laten met een kind dat zijn ogen en handen, zijn kleur haar, zijn treurigheid en zijn zwijgen bezit! Verstopt hij zich niet in haar zachte witte huid? Kijkt hij me niet onschuldig aan door de ogen van het kind?

Julia doet met het schepje zand in het blauwe emmertje. Ze gooit de emmer leeg en vult hem opnieuw, om hem dan weer leeg te gooien op de hoop zand. Meer dan dit eenvoudige leeggooien kan ze niet. Er wordt niets gevormd of gebouwd. Alleen het eindeloos herhalen van dezelfde bewegingen lijkt haar bevrediging te geven. Of is het die dwaze nabijheidsverwachting die haar moeder weer eens in zijn greep heeft die ook het kleintje meezuigt zodat ze, afgeleid als ze is, niets dan machteloze handelingen kan uitvoeren? Dat helse drogbeeld van een verschijning die zo dadelijk zal plaatsvinden, en wel op een plek die het minst waarschijnlijk is... En al bedriegt haar feilloze gevoel haar elke keer, toch zijn de wilde hartklop, de natte handen, de warme beklemming en bereidheid die haar doorstromen er niet minder werkelijk en slopend om. Alles in haar ziet hem komen. Tot haar blik langzaam weer afgemat raakt en terugkeert naar Julia, tot ze hem zich dan weer in Julia ziet verbergen, laf, dof en onverschillig. Aanwezig.

*

O, weer het schouwspel van de zee, het oervloedtafereel waarbij de mens tot kleinduimpje wordt en Iemand hem laat lopen, hem achter zijn broek zit langs de krijgslinie van de landbrekende oceaan. Iemand voor wie de overslaande koppen van de golven, het holle afslachten van de branding niet meer zijn dan een rimpelende plas en de schuimriffen lieflijke volants aan de baljurk van Thetis... Het strand werd versluierd door neerdalende mistflarden, de zon vervloeide, de vochtige nevel (ver)borg en brak zijn licht, een kleverige nimbus, een bigotte heiligenkrans omgaf hem. Het onafzienbare platte land, de kale vlakte trok mijn ruimtelijke lichaam naar zich toe, mijn kleinheid en eenzaamheid zetten zich schrap tegen de trek die mijn *lichaam* in de onmetelijke *vlakte* wilde zuigen. Met zo'n kleinduimpje tussen branding en duin heb je immers vrij spel en kun je hem uiteindelijk ook nog van zijn ruimtelijke volume beroven. Razen, breken, schuimen, spuiten... Natuurlijk hoort bij de enorme massa's hemel, water en zand ook een amfibiemonster, een kolos, een megalopood waarvoor je wegloopt en wiens grimmige adem je al in je nek voelt... Maar het was een vrouw in een vierkleurig joggingpak, in de tinten van de scheme-

ring – seringenblauw, viooltjesblauw, staalblauw en ro-
zenblauw – en ze volgde me over het lege strand. Ze
was snel dichterbij gekomen, ze haalde me in. Toen
draaide ik me op mijn hielen om en wilde haar vragen...
Haar mond ging op hetzelfde moment open en het
langgerekte 'mioooo', de roep van de meeuw, kwam
over haar lippen. Uit haar mooie gezicht begreep ik dat
ze moest lijden onder haar eigen uitlatingen, en dat ze
niet bijvoorbeeld in domme overmoed een dierenstem
wilde nabootsen. Toen ik haar ten slotte een vraag stelde, allerlei vragen stelde, klonk steeds opnieuw, zij het
nu verkleind en zich moeite getroostend om beschroomd te lijken, doch in wezen onveranderd brutaal
en woedend, diezelfde schrille kreet uit haar mond. In
plaats van een stem was deze haar – ja, gegeven? Eerder:
ingeprent. Wie had kunnen verklaren hoe deze verder
sprakeloze vrouw aan dit wezensvreemde geluid was
gekomen dat zonder enige menselijke bijklank uit haar
keel klonk en zonder twijfel een echte, en geen aangeleerde meeuwenroep was? En als alles me niet bedroog,
ging het ook om een paringsroep die ze snerpend uitstootte en maar in heel beperkte mate kon temperen.
Zelfs als ze teder wilde zijn, of tegen iemand als ik, die
ze zo meegaand was gevolgd, vertwijfeld vanuit de
diepste diepte van haar gevangenschap om hulp riep,
om verlichting, ja verlossing zelfs, bleef het een hard,
strijdlustig lokken... Maar ze joeg iedereen op de
vlucht. Een te sterke zintuiglijke bevreemding was het:
dit fijne, alerte gezicht dat om begrip leek te smeken, in
combinatie met dat gruwelijk schrille, begerige geluid
dat ze uitstootte, moest uitstoten, zoals nu eenmaal alleen een dier kan moeten. God leek de liefde van deze
vrouw op een heel abnormale manier te beproeven.
Niet alleen had hij haar een menselijke stem ontzegd of

ontnomen, maar bovendien was ze aan een eentonige wezensvreemde klank gekluisterd die haar ten eeuwigen dage onverlost tussen de dieren- en de mensenwereld liet ronddwalen. Zo was ze dus ook naar soort tot absolute eenzaamheid veroordeeld: ze trok meeuwen aan die ze niet kon beminnen, en tegen elke man die deze ongelukkige in liefde naderde – naderen moest, krijste ze zo dat de ijskoude rillingen hem over de rug liepen.

*

Oude vertalers, dat paar dat alleen door de avondlijke straat gaat, als twee lange schaduwen van anderen, schaduwen van vel en been, zo steken ze boven iedereen uit. Haar mantel is oudroze, de zijne grijs, en grijs is ook zijn vilthoed. Hoogopgeschoten, uittorenend. Een botstructuur waaruit duurzaamheid, gelijke tred, het rond gebogen zitten over het gezamenlijke dagelijks werk spreekt. Die langdurig in de taal luisteren, zwijgen, stilstaan en in het rond spieden als wild op een open plek in het bos, tot een van beiden eindelijk een nieuwe poging onderneemt. In de catalecten... betekent ongeveer... in het ophouden overgegeven... ἀνθήρος... een bloeiend einde... ἀνθεμιζομαι γοεδνα... iets als de bloesem der kommer plukken...

Het woord wordt in de mond, in het gehoor, in de betekenis, in het verband geproefd – en door beiden verworpen. Si comprehendis non est Deus. Niet zeggen waarover je spreekt. Dii verba invertunt. Woorden die ontkennen wat ze benoemen... Zeg het woord 'vredesduif' en je roept oorlog op.

Zo, wanneer ze in het café tegenover elkaar zitten, de broodmagere kippen; hun oude vingers raken elkaar midden op de tafel, tikken elkaar aan als er iets op komst lijkt, iets gemeenschappelijks uit de steeds ongrijpbaarder taal. Ze piekeren urenlang over een gemeenschappelijk woord. Aan welk register, welke bijklank, welke oorspronkelijke betekenis, welke verborgen reputatie raakt het woord?

Niet hij praat tegen haar, niet zij tegen hem. Beiden proberen ze datgene te voorschijn te praten wat ontbreekt, al gebeurt het karig, zijn ze ontevreden met elk te vroeg vastgegrepen woord. Het gemeenschappelijke ontstaat heel langzaam, het gaat om vertalen. Niet het vertalen van een literair of wetenschappelijk werk. Ze vertalen... de taal van de derde die zo lang bij hen verkeerde en hen plotseling verliet. Wat zijn onbarmhartige nagalm de twee bejaarden te verstaan geeft is duister, moeilijk te ordenen. Ze sprokkelen het bijeen van elkaars lippen, uit elkaars rondzwervende blikken, van elkaars tastende vingers. En terwijl de ene misschien volhardt in zijn toestand van diepste, dierlijke zwijgen, wordt de andere juist beroerd door een windvlaag van stemmen, zodat moeiteloos, zonder enige inspanning, over haar lippen vloeit... 'Laatkracht,' roept ze vlug en trekt een nieuwe grens, 'zoiets als laatkracht', en een nieuwe proefopstelling neemt een aanvang. Maar ook dit woord, opgeroepen door talloze woorden die vermeden zijn, is het niet precies, hoewel het een beetje fonkelt, als het positielicht van een veerboot op de nachtelijke rivier. Maar toch reikt het niet verder dan zichzelf, leidt het niet tot een uitspraak die tot in alle details strookt met het wezen van het verleden van de derde. Wat er ook gebeurd mag zijn dient te worden verwoord, en het is die noodzaak die de twee bejaarden zo lang en mager heeft gemaakt, als knaagt aan de mens, als trok en rekte hem uit wat hij niet kan verta-

len. Ze torenen al zo hoog dat ze door het raam van de
bel-etage de gezinnen aan de avondmaaltijd zien zitten,
als ze tenminste eens hun wigvormige gezicht zouden
opheffen in plaats van het steeds op hun voeten gericht
te houden.

*

Te veel moeite, mompelde ze. Te veel moeite om naar
de kapper te gaan. Te veel moeite om de keuken schoon
te maken. Op een ochtend ontmoette ze een beeld van
zichzelf dat een einde maakte aan elk verlangen zich
soepel te bewegen, te telefoneren, het blad van de ka-
lender te scheuren. Dat staat me niet aan! Ze walgde al
bij het idee voorwerp van talloze vaardige en overbodige verrichtingen te zijn. Een leeuwin is niet bedrijvig.
Kleine vogeltjes zijn bedrijvig. Kleine dieren hebben
haast, kunnen niet afwachten. Klein is vlug, groot is
traag. Ze was een gezette, rijzige vrouw en had eigenlijk
al jaren gewacht op de slome lompheid die haar toe-
kwam – en haar wel bekwam. Ze had altijd het gevoel
gehad dat ze nog op weg was naar haar ware figuur...
figuur worden, dacht ze, bijna onbeweeglijk, eindelijk
gearriveerd in déze ledematen, deze buik, dit brede
achterste. Alsof je niet allang verstard was... Het leven
verbruikt als brandstof tijd om daarmee stilstand te
bewerkstelligen. Verstarringsmachine. Heeft massa's
gedartel nodig, heeft gegraai, geslinger, flitsende gedachten, snelle benen nodig om uiteindelijk deze verheven rustende sculptuur te kunnen scheppen. Je lao-
coöniseert, langzaam, heel geleidelijk gaat het slingeren
over in een toestand, in roerloosheid. Tijd uit, ruimte
in. Alleen nog een ruimtevullende figuur te zijn, dat is
het vleselijkste verlangen van haar vlees. Zelf-aanzien,

's morgens ontstaan in de confrontatie met Kim, de foto van haar zoon die op zijn zestiende zijn verleider naar Paraguay was gevolgd en niets meer van zich liet horen, alleen nog van de messias. Een beeld dat haar plotseling voor de geest komt, Kim met zijn onhandige armen en benen, elf jaar, een jongen die op de rand van het tuinpad balanceert terwijl hij met zijn moeder praat... och, die onhandige armen en benen, Kim op de drempel van de adolescentie die in de verte wegkijkt als hij zegt: 'Je hebt een goedkope fiets voor me gekocht, ik weet wat hij heeft gekost...'

En toen merkte ze dat haar figuur geen herinnering meer verdroeg. Dat het allemaal te veel moeite was, te vlug, te plotseling, te kwiek. Ze zouden elkaar in het vervolg aanstaren, de foto (Kim was immers al volstrekt roerloos) en zij, en daarbij steeds stiller, zwaarder en groter worden. Ruimte!... Ruimte! Zoals iemand die stikt naar adem snakt, zo snakte zij naar ruimte... toen de tijd in haar aderen verdroogde, toen zich in elke lichaamscel brons begon te vormen.

Vanuit de diepte van elk gezicht straalt immers dat starre masker... iets dat door en door helder is, een lang geleden voltooid werk stijgt op naar het open, organische, warrige leven, slaat door in de handen, in het gezicht, in het lichaam, doemt op als het gelaat op de zweetdoek van de heilige Veronica, uit tijd en hartstocht stijgt het levenloos getuigende beeld op, het starre masker op je gezicht komt niet van buiten... Te veel moeite! mompelde ze voor het laatst, en wist al niet meer welke gedachte ze deze keer in zich tot rust liet komen. Nu was het haar allemaal te moeilijk geworden. Eigenlijk zat ze daar nog steeds als een luie, apathische, veel te dikke huisvrouw. Maar na de subtiele overgangsschok had ze opeens de stomme welsprekendheid van een voltooide sculptuur gekregen. Hoe moest ze ook anders de blik van de jongen, de verstarde glimlach op zijn foto in liefde beantwoorden?

*

Het was geen kunstvandaal, zoals ze eerst dachten, maar een jonge schilderes met verward haar, alsof ze lang bedlegerig was geweest, die zich niet met ontbloot gezicht voor het doek van Giorgione durfde te vertonen en daarom een masker onder haar trui vandaan haalde, een goedkope imitatie van een tragediemasker, en daarmee haar gezicht bedekte om daarna steels en met aarzelende passen het schilderij te naderen, niet herkend wilde worden of zich wilde afschermen tegen de doordringende blik van het kunstwerk, maar toen opeens haar gezicht uit het masker draaide, zodat dit leeg op het meesterwerk bleef gericht, terwijl de jonge vrouw de museumbezoekers die zich achter haar rug hadden verzameld en haar argwanend bekeken, intussen een rauw grimas toonde waarin walging en pijn tot een onverbrekelijke eenheid waren versmolten.

*

De oriëntaliste doctor Gertraude Laszek en haar levensgezel, de verwarmingsmonteur Armin Rust, verlaten zaterdag om zeven uur de Griekse taverna aan de Lietzensee. De man wankelt achter de vrouw aan en zij geeft hem geen arm. De golf uit zijn zich omkerende maag spuit uit zijn mond. De vrouw, die alleen het geluid hoort, draait zich niet om. Op spottende, snauwende toon vraagt ze: 'Begint het nu al? Je kunt maar beter aan de kant van de weg gaan staan.'

'Een betere man had ik nooit kunnen treffen!' zegt ze de volgende dag tegen een vriendin, bijna juichend, in elk geval in een uitbarsting van vrolijkheid die haar zelf verrast omdat ze haar niet hoefde voor te wenden of te forceren. Laszek/Rust bewonen een fraaie en ruime verbouwde zolderetage met een daktuin en solarium. De twee grote woonkamers staan vol met souvenirs en vondsten die de vrouw van haar studiereizen heeft meegebracht. Op de vloeren liggen zware tapijten, ten dele over elkaar heen – de kleinste helft van een collectie die de installateur uit zijn eerste huwelijk heeft overgehouden.

De twee vrouwen hadden elkaar twaalf jaar geleden voor het laatst gezien. De bezoekster stelt tevreden vast dat haar vroegere studiegenote opvallender uit vorm is geraakt dan zij zelf. Gertraude lijkt, zoals ze er nu uitziet, ontsproten aan de kleinburgerlijke pracht en praal die haar omgeeft. Haar hoofd is rond, haar korte haar vastgeplakt in een slap permanentje, haar trui rolt met de slappe vetrol van haar buik over haar ceintuur, ze zit vastgeklonken in een omgeving waarover ze vroeger niet anders dan laatdunkend zou hebben gesproken. Ze geneert zich evenwel geen moment voor die omgeving, integendeel, ze heeft die mee opgebouwd, ze is trots op de gangbare protserigheden, geeft steeds weer hoog op van de geneugten van haar manier van leven, het hoge loon van haar man als geschoold vakman dat, met alles wat erbij en omheen hangt, zeker dat van een professor overtreft en hen in staat stelt hun geld niet alleen verstandig te beleggen, maar er zelfs nog 'een beetje mee te spelen'.

Behalve door een paar uiterst oppervlakkige vragen geeft mevrouw Laszek van geen enkele belangstelling voor de levensomstandigheden van de ander blijk. Zodra deze iets over haar wederwaardigheden in de afgelopen decennia door haar conversatie strooit, zweeft de blik van de vroegere oriëntaliste weg, en haar gehoor blijkbaar ook, haar gezicht vertoont een gemaakte glimlach en ze vraagt verder niets. In het gesprek valt geen enkele onbevangen, warme klank te horen, geen hartelijke herinnering, en het duurt bijgevolg ook niet lang. Om het afscheid zo nuchter mogelijk te houden, om aan het einde niet nog een verzuchting over het mislukte weerzien te moeten aanhoren, doet mevrouw Laszek haar vriendin nog wat winkeltips aan de hand en laat haar met de beste wensen vertrekken.

's Avonds opent ze de deur voor haar dronken man. Hij is iets kleiner dan zij, gedrongen maar niet vadsig. Hij draagt een elegant olijfgroen suède jack, een flanellen broek en heeft een dikke, borstelige haardos die zelfs onder de meest barre omstandigheden niet uit model raakt. Voor de televisie drinkt hij verder, mengt rum met Coca-Cola. Met een gebaar van zwijgende afkeer dat ondanks gewenning niets aan kracht heeft ingeboet pakt zijn vrouw haar boek van de ladenkast en trekt zich terug in de tweede kamer met de afgescheiden slaapnis. Omdat ze naast de benevelde man de slaap niet kan vatten zal ze later, als hij in bed valt, weer terugkeren naar de grote woonkamer en daar op de slaapbank slapen. Zo gaat het in de regel, ze ontwijkt hem, verandert twee keer per avond van kamer. Een kwartier lang dwingt ze zichzelf tot lezen, vraagt haar man de televisie zachter te zetten, maar hij reageert niet. Even later hoort ze een doffe dreun. Hij zal wel weer over het bijzettafeltje zijn gestruikeld en tegen de grond geslagen. Maar dan dringt duidelijk straatrumoer door dat eerder alleen gedempt te horen was. De deur naar het balkon moet openstaan. Ze luistert aandachtig, legt haar boek terzijde en gaat naar de kamer ernaast. Buiten vindt ze de zware man bezig borst en buik moeizaam over de balustrade van het balkon te schuiven, blijkbaar in een nieuwe poging zich in de diepte te storten. Ze slaagt erin hem uit die gevaarlijke vooroverhangende positie naar achteren te trekken en tegen de grond te werken, maar met oersterke doodsdrang onderneemt hij onmiddellijk een nieuwe poging. Ze slaat hem, eerst met haar vuisten, dan met de houten steel van een tuinschopje dat naast het azaleaboompje ligt. Steeds harder slaat ze op zijn schouders en hoofd, totdat de pijn eindelijk tot zijn benevelde brein doordringt en hij op zijn knieën voorover op de grond ligt.

'Dat doe je me niet aan,' hijgt ze. En: 'Dat is tegen de afspraak, vriend.' Maar ze zegt het buiten adem, bijna toonloos, zonder haar stem te verheffen, zonder haat. Ze pakt hem onder zijn armen maar slaagt er niet in hem overeind te krijgen. Hij omklemt met beide handen zijn pijnlijke schedel.

De laatste tijd had ze vaak tot 's avonds laat buiten op het balkon gezeten en dialogen gevoerd met hem, met een man die niet aanwezig was, die alleen nog in haar herinnering bestond als een man die met haar sprak. Destijds, acht jaar geleden al bijna, was hij het die zich voor haar ligstoel uitstrekte en bewonderend naar haar opkeek, destijd op die warme juni-avonden toen ze, ondanks het feit dat ze slecht bij elkaar pasten, zo monter waren begonnen en hun nieuwe leven met z'n twee-

37

en vierden. 'Ik zal van je leren, ik zal een betere student zijn dan wie dan ook van degenen die bij je colleges zitten.' Wel, zijn leergierigheid was niet meer dan een strovuur geweest, hij miste te veel noodzakelijke voorwaarden om haar interessen te kunnen delen, en uiteindelijk volstond hij ermee allerwegen te pronken met zijn geleerde vrouw (die van haar kant de eerzucht niet meer had om een baan aan de universiteit te ambiëren).

Uitgeput en machteloos zat ze nu naast de lege ligstoel. Langs de onderinslag van het canvas was een langgerekte, roestbruine rij vlekken zichtbaar. Het doek klapperde in de nachtwind. Nooit meer met hem kunnen praten! God, laat hem nog een keer tegen me praten!

Het was nu twee weken geleden dat de artsen zijn buikwand hadden geopend, alleen om die na een korte inspectie onmiddellijk weer dicht te maken. Het leed geen twijfel dat een ingreep niet meer zou baten. Overal zat het al, het had lever, longen en pancreas aangetast, het was te laat.

Ze sleepte hem verder, trok hem over het balkon en vervolgens over de kleden naar de bank. Hij was zo zwaar, en ze moest even denken aan de wolf van Roodkapje... of ze hem met stenen hadden opgevuld voor ze hem weer dichtnaaiden! Ze liet hem op het kleed liggen en legde een deken over hem heen. Ze probeerde zijn armen los te wrikken van zijn hoofd, maar slaagde er niet in, zijn vingers zaten boven zijn oren vastgeklauwd in het dichte haar. Zijn gebogen armen leken verstijfd, er was geen beweging in te krijgen. Ze zag zijn vertrokken gezicht, zijn gesloten ogen, alleen zijn mond was opengesperd: hij schreeuwde. Hij schreeuwde geluidloos, uit alle macht, maar hij schreeuwde van zo veraf dat zijn stem voor niemand meer hoorbaar was.

Ze liep naar de keuken en deed koffie in het apparaat. De ochtend schemerde al aan de hemel. Plotseling hoorde ze dat hij om haar riep. Heel duidelijk hoorde ze hem haar naam roepen. Ze rende de kamer in en boog zich over hem heen. Maar hij lag onveranderd, zijn gezicht vervuld van de kwellend stille schreeuw die geen ruimte meer liet voor een woord, een naam. Toch kon ze zich niet hebben vergist. Ze haalde de warme koffie uit de keuken en hield een kopje vlak bij zijn gezicht. Ze knielde naast hem neer en wachtte tot zijn gelaatstrekken zich zouden ontspannen door de koffiegeur en hij alleen maar hoefde te fluisteren... Maar ook dacht ze: het zou voor hem misschien beter zijn als hij niet meer bij bewustzijn kwam. Voor hem misschien. Moge God hem een al te zwaar lijden besparen.

*

...Ik zelf – nou ja, ik ben als beeldhouwer begonnen. Maar van het begin af aan was het razend moeilijk voor mijn werk een atelier te vinden. Ik had zoveel energie geïnvesteerd in die reuzenfiguren die ik maakte en die niemand wilde hebben, mijn hele jeugd eraan gewijd, en ik kon ze nergens kwijt, ik wist niet waar ik ermee heen moest, en ik kon ten slotte ook de gruwelijk hoge fabricage- en materiaalkosten niet meer betalen, en toen heb ik het gewoon opgegeven. Op een gegeven moment was het te veel. Daarna heb ik wat rondgekeken en dacht – ik was tenslotte al midden in de dertig – man, je moet iets zoeken waarmee je je brood kunt verdienen en waarbij je toch een beetje profijt kunt trekken van je handigheid, zodat je nog iets hebt aan wat je kunt. Dus heb ik technisch leren tekenen en dat pakte prima uit.

Maar helemaal nam het me natuurlijk niet in beslag, het vulde mijn leven niet echt, en ernaast en ertussendoor heb ik zo ongeveer aan alles meegedaan wat er te doen was. India, Poona, milieubeweging, vrede, New Age, niets overgeslagen, en op zeker moment – het was eigenlijk een soort therapie – was ik inderdaad bijna vergeten dat ik ooit met beeldhouwen bezig was geweest. En dat ik die idioot grote dingen had gemaakt die intussen natuurlijk allemaal kapot geslagen waren. Innerlijk was ik niettemin te veel gekwetst omdat ik geen succes had gehad. Of misschien ook omdat ik niet de energie had gehad door te zetten, als je toch ziet hoe mensen van wie je denkt – nou ja, die alleen schroot verkopen, voortdurend opgang maken in de kunstscene, en jij zelf niets van de grond krijgt. Nu word ik natuurlijk geconfronteerd met de nieuwe situatie dat er vrijwel geen technisch tekenaars meer nodig zijn, alles wordt met de computer gedaan die het automatisch uitdraait, en bijgevolg gaan er natuurlijk heel veel arbeidsplaatsen op ons vakgebied verloren. Tot nu toe heb ik geluk gehad, maar wie weet hoe lang dat nog duurt en ik ben nu niet meer op een leeftijd om nog naar iets nieuws uit te kijken. Mijn oude reuzen, daar denk ik nu weer vaak aan terug, misschien zou me, als ik een langere adem had gehad, nu eindelijk het verdiende succes ten deel zijn gevallen dat destijds helaas uitbleef. Misschien had ik mijn stenen niet zo overhaast moeten laten vernietigen, maar ja, nu is er niets meer, en ik kan ook niet weer van voren af aan beginnen. Ja, in feite is alles misgelopen. Zo zie ik het ook. Ik had toentertijd meer contacten moeten aanknopen met mensen van de kerk, me niet zo eenzijdig op bankiers en verzekeringsmaatschappijen als opdrachtgevers moeten richten. Dat is vermoedelijk mijn vergissing geweest. Op religieus gebied had ik indertijd waarschijnlijk meer kansen gehad, maar daaraan heb ik nooit gedacht, al had het uit mijn werk moeten blijken, dat zie ik nu heel duidelijk, het bovennatuurlijke was aanwezig in mijn reuzen, dat zat erin, dat had je vandaag de dag zo gezien, maar nu is het voor mij helaas te laat. Het is een merkwaardige ervaring dat ik, om het zo uit te drukken, veel menhirs op de wereld heb gezet en dat ze, als ze nu nog bestonden, zeker tot in alle eeuwigheid hadden kunnen blijven staan, als de stenen van Carnac en Stonehenge. En deels uit vertwijfeling, deels om op te ruimen ben ik zelf zo vrij geweest een stuk eeuwigheid tot puin te slaan. Of door de fabriek tot puin te laten slaan. Die gedachte is genoeg om koude rillingen over je rug te laten lopen. Mijn vriendin van toen was ervoor noch ertegen, wat die opruimactie betreft. Dat was ook niet goed. Ze liet me gewoon begaan. Een ander had misschien geprobeerd me tegen te houden, of me überhaupt meer gesteund in mijn vroegere activiteiten. Maar ja, wat kun je verlangen van een jong ding dat alleen maar kijkt hoe je je afpeigert met die kolossen die nergens passen en op het eerste gezicht ook niet zo erg mooi zijn. Ze geloofde dan ook verder niet meer in me. Misschien dat een ander die wat ouder was geweest me beter had kunnen helpen, maar die heb ik indertijd niet ontmoet, hoewel juist het type van de oudere vrouw me lichamelijk en psychisch altijd meer heeft aangesproken, omdat die gewoon veel hartelijker zijn.

Hoe langer ik erover nadenk, des te meer raak ik ervan overtuigd dat ik misschien zelfs wel een schuld op me heb geladen, omdat ik namelijk iets uit de wereld heb geholpen dat in feite de wereld toebehoort, iets dat die wereld wellicht nodig had of zelfs dringend had kunnen gebruiken, iets als Stonehenge dat haar de weg kan wijzen, dat wist ik destijds natuurlijk niet toen ik zelf die reuzen, die moordkerels niet meer kon zien. In feite wist ik niet dat ik een kunstenaar was, hoewel ik een degelijke opleiding aan de academie had gehad, maar dat interesseerde me verder niet, ik wilde van het begin af aan mijn kolossen maken, en als je bezig bent zulke dingen uit steen te hakken, vraag je je helemaal niet af of het kunst is of niet, bij die ervaring is dat van volstrekt ondergeschikt belang. Maar feit blijft, dat ik zelf niet de bevoegdheid had dat spul weer de wereld uit te helpen. Dat het eigenlijk net andersom als bij Prometheus is gegaan, maar dat het ook een grote fout was. Dat is alles wat ik van die tijd nog heb overgehouden, een bovennatuurlijk schuldgevoel.

*

Een uitglijer, dacht hij, een veel te intieme aanraking, haar slaan, een vreemde eigenlijk, een vrouw die hij nauwelijks vijf weken kende zodat de hele zaak nu een snelle dood was gestorven, over en sluiten, zoals hij steeds weer brulde in zijn tomeloze opwinding die echter ook andersluidende en geheimere boodschappen overbracht.

Tot dan toe had hij zich in elk geval kunnen voorstellen dat hij er in de hoogste nood op los zou slaan, bijvoorbeeld als hij door de minachting van een vrouw in een uitzichtloze situatie was gemanoeuvreerd. Maar waarom sloeg hij een vrouw die toch weldra weer zou verdwijnen, bij wie hij uitsluitend zijn eigen genot zocht? Ja, moest hij niet erkennen dat hij een vrouw had mishandeld die part noch deel had aan zijn leven en lot, alleen omdat ze loog? Alsof hij niet dagelijks van zakenlieden, werklui en verkoopsters de meest grove leugens te horen kreeg zonder hun daarom met zijn vuisten te lijf te gaan...

De vrouw die tegen de grond was gesmeten had de strijd opgegeven. Het was genoeg. Na de eerste aanval had ze hard teruggeslagen en de verblufte man met lange uithalen van haar armen in zijn gezicht geraakt, teruggedrongen, hem het bloed onder de nagels van daan gehaald, maar daarna had ze zijn redeloze schoppen en slaan ondergaan. Haar lichamelijke krachten waren nog lang niet uitgeput, maar de hartstocht was plotseling weg. Toen ze probeerde overeind te komen en steeds weer met haar rug langs de wand teruggleed, was het niet de pijn in haar gewrichten, maar een verlammende treurigheid die haar dwong te blijven waar ze was. Een voor een trok ze haar knieën op, dicht tegen zich aan, zette haar ellebogen erop, leunde met haar rug en achterhoofd tegen de wand en verborg haar gezicht achter haar rood geworden handen. Hij zag de blote, geknikte, ronde knie, de eenvoudige, stevige knie van een meisje van het platteland; de knieschijf, een plat bot, vertoonde ronding noch punt, alleen grove groeven, bruinige huid, en daarin een lang wit litteken als om het juiste of voltooide te markeren. Ze zou gaan zonder de gelegenheid te hebben hem het verhaal van het litteken te vertellen.

Achter haar handen trilde haar gezicht, huilde ze en snoof, maalde die ene onveranderlijke gedachte rond dat er niets meer te redden viel, het einde, geen blik meer, geen woord, alleen nog het veld ruimen en de deur dichtslaan... en dan treft haar, als een steen die tegen haar slapen wordt gegooid, steeds opnieuw die uitdrukking 'leren kennen'... 'Je zult me leren kennen,' had hij onder het slaan geroepen. En leren kennen, het waren dezelfde woorden en betekende daarnet toch nog: vrolijk en nieuwsgierig bij hem zijn, opbloeien en zich tegen hem aan vlijen, als een aal wegglippen en terugkomen... Waarom dat vervloekte spel, die vervloekte vreugde? Alleen om de woorden in hun tegendeel te veranderen en met die woorden op de grond gesmakt en geschopt te worden? Het enige doel van het fraaie opgebloeid zijn: verleppen. Alleen geluk om uit de wolken te kunnen vallen. Alleen glad en soepel om tot trillend vetweefsel, tot hurkende homp, tot ronde tranen te worden. Met borsten die als twee brede bulten over haar samengedrukte buik liggen. Met lange, soepele, verwende handen die tot twee nestbouwende poten worden. De uitstekende knoop spieren aan de pols als die naar binnen gebogen op de knieën lag... Ze had haar handen van haar gezicht gehaald, haar gesnik getemperd, haar hoofd opzij gedraaid. Haar blik liet niet af van de lege wand om het oog van de beul niet te ontmoeten. En juist die blik die hem werd ontzegd trok hem aan, nu het volstrekt van eigenwaarde, allure en geslachtelijkheid gespeende lichaam niet in staat was zijn belangstelling te wekken... Als we alleen zijn, onvoorwaardelijk met z'n tweeën (zo zag hij de situatie bij vergevorderde verkoeling), zullen we noodgedwongen stap voor stap de regels ontdekken van het spel dat ons beheerst, dat voortvloeit uit het zuivere, naakte partnerschap, in laatste instantie altijd zonder trucs en listen wordt gespeeld, in geen geval onderworpen is aan het zelfbewuste instinct, maar alleen aan kortstondige doch lotsbepalende emoties. En ook de overtuiging die hij zojuist in een opwelling had gehad als zou dit het onherroepelijke einde zijn, leek hem opeens alleen nog de waarde van een geestelijke beproeving en schok te hebben, niet zozeer een beslissing als wel een louterende ervaring, en die zojuist nog onloochenbare vaststelling: het einde! zou in werkelijkheid een soort initiatie kunnen betekenen, de smartelijke geboorte van hun wederzijdse herkenning na de ineenstorting van het leren kennen.

In elk geval was het dit teken, dit kinderlijke afwenden van haar hoofd en haar staren naar de wand om hem te mijden dat zijn gevoelens veranderde. Op het eerste gezicht drukte het niets anders uit dan verbitterde koppigheid en het definitieve einde van de relatie. Maar sterker was de prehistorische erfenis, het gebaar van de afgewende blik, de weerloos aangeboden hals die, zoals ook bij wolven en hanen, de aanvaller kalmeert. Had ze hem recht, of zelfs smekend of verbijsterd aangekeken, dan zou zich in zijn geweten niets hebben geroerd. Opnieuw had hij haar leugen gezien. Maar zo, nu zijn hersenstam begreep waarom ze hem haar blik ontzegde, welde een berouwvol erbarmen in hem op dat geen teken was van de eigenlijke goedheid zijns harten, maar zijn boosaardigheid en schuld leken van het begin af aan geen ander doel te hebben gehad dan hem uiteindelijk dit warme gevoel van berouw te verschaffen.

Hij keek naar zijn handen en zag ze nog steeds wurgend om haar hals klemmen, haar met de zijkant in het gezicht slaan, haar jurk scheuren, haar vastgrijpen en tegen de rand van de ladenkast smijten. Het zijn dezelfde handen, dacht hij, ze mogen nu nog zo stil en voornaam, bijna wijs en diepzinnig voor me op tafel liggen en weer geduldig op zachtzinnig werk wachten – zij waren het die moordlustig, beestachtig hebben gehandeld en geraasd. Ze waren de gewilligste, betrouwbaarste beulsknechten van mijn boosaardigheid toen mijn lippen allang dienst weigerden.

Maar op het moment dat hij, tot rust gekomen door haar afgewende gezicht, een nooit eerder ervaren warmte in zijn hart voelde, was de kleine schakelkring van de hartstocht in werking getreden en aangesloten die hen voor onbepaalde tijd van elkaar afhankelijk maakte.

In een oogwenk gebeurt meer dan de geschiedenis kan verhalen. En wat een mens in hartstocht doet, overtreft of vernietigt wellicht al zijn systematisch handelen.

De uitglijer, die eerste toevallige daad van overschrijding, had een instelling opgeroepen waarin de behoefte naar overschrijding van tijd tot tijd terugkwam. En het was niet meer dan een uitglijer die een vederlichte, onbetekenende ontmoeting veranderde in serieuze, duurzame afhankelijkheid, in een verslavingsrelatie. Maar de uitglijer, de korte passie, droeg als genetische stempel al de hele geschiedenis van een ongelukkige hartstocht in zich.

*

Op de door een overdekte galerij omgeven binnenplaats van een motel in een buitenwijk staat een jonge vrouw met vlasblond haar. Als een veroordeelde staat ze kaarsrecht met gebogen hoofd in de felle middagzon, van ganser harte vonnis en straf accepterend. Verstard en roerloos in deze houding, het huis uit gerend en als door de bliksem getroffen blijven staan, behoort ze bij een andere vrouw met blauwzwart, piekerig opgekamd haar die op de achtergrond de open deur van het appartement uitkomt, langzaam en lui, met sluipende tred, op blote voeten en knagend aan een perzik. Ze heeft een petrolkleurige overgooier aan die haar schouders tot het borstbeen vrijlaat, haar dijbenen ternauwernood bedekt en over haar buik met een zilveren

46

ketting bijeengehouden wordt. Ze gaat op een stoel tegen de beschaduwde muur van het gebouw zitten, zet haar blote rechterbeen tegen de balustrade van de veranda, legt haar wang tegen haar knie en kijkt langdurig, vanuit een verdroomde verte naar de ander, de door shock bevangen, veroordeelde, tot boete geneigde vrouw op de binnenplaats.

Het reisgezelschap dat een nacht in het motel heeft gelogeerd was om twaalf uur door hun bus opgehaald, en de twee kamermeisjes waren net met hun werk begonnen, toen de sierlijke donkere er met een duivelse beschuldiging in slaagde profijt te trekken van de ellende van de blondine en haar definitief in haar macht wist te krijgen.

Jaren later is zij het die met het kreeftrode gezicht van een pasgeboren baby, wallen onder haar ogen, bruinige blaarkorsten, een grote zilvergrijze haarspeld en valse krullen die op haar naakte schouderbladen vallen waar aan de gezonde huid in de ruguitsnijding van de trui te zien was hoe bleek haar wangen waren, de blondine... Ze verheft haar in spijkerbroek gestoken achterwerk van de barkruk terwijl ze met haar onderarmen op de bar steunt, en maakt haar voorvoeten los die ze verdraaid onder de steunring van de barkruk had vastgehaakt. Ze laat zich eraf glijden en knikt door haar rechterknie, omdat voet en onderbeen slapen. Sloffend loopt ze een paar stappen in de richting van de andere, eeuwig donkerder vrouw die op een houten bank voor het raam achter een opengeslagen krant zit. Een halve meter voor de lezende vrouw blijft ze staan en wacht tot de rand van de krant zakt en de blik zich verheft. Maar dat gebeurt niet. Ook bij haar derde aanloop in deze lunchpauze moet ze zich laten welgevallen dat de lezende vrouw wel haar hoofd opheft om zogenaamd met bijzondere belangstelling iets boven aan het blad te lezen, maar daarbij haar blik juist niet die paar graden verheft die nodig zouden zijn om de ander te verlossen. Omdat dit, zoals gezegd, achterwege blijft, en dat achterwege-blijven de onverzettelijke gelaatstrekken van de schijnbaar lezende vrouw beheerst, keert de vrouw met de grijze krullen naar haar plaats terug nadat ze trouw haar tijd heeft gewacht, schuift vanuit een kwartslag gedraaide heup haar achterwerk op de verhoogde zitplaats en trekt zich op aan de rand van de bar. Ze buigt voorover, zet haar ellebogen op de bar, haar nek zakt wat naar voren, ze recht haar schouderbladen en klopt een paar keer met gevouwen handen schuchter en zwak ongeduldig op de met kunststof beklede bar.

Hoveniersters, allebei. Zware meiden, zegt de waard. Ze tuinieren alleen in het kader van de reclassering. Sinds een paar dagen komen ze tussen de middag in de bistro. Eerst kankerden ze gezamenlijk over die klootzakken van het stadhuis die hen uitgerekend naar de Niemandstuin hadden gestuurd, dat ongebruikte stuk park dat aan de overzijde van de straat achter haagbeuken verborgen lag. Het was een plek waar ze met tegenzin werkten, 'omdat daar iets niet pluis was'. Ook lieten ze zich afkeurend uit over de 'aanslag van de cultuur' op de natuur in het algemeen, het grasmaaien in het bijzonder als 'het meest perverse dat de mens heeft verzonnen', en ze zaten steeds weer te vitten op de 'boommatige afstand', waarmee ook weer iets niet in orde was.

Daarna moest er iets gebeurd zijn dat een wig tussen hen beiden had gedreven. Ze kwamen zonder een woord te zeggen en gingen zonder een woord te zeggen, en hoe dat onderlinge gezwets opeens plaats had kunnen maken voor de discipline van een hard, ononderbroken zwijgen was nagenoeg onbegrijpelijk.

Het park hoorde bij een onbewoonde villa in Toscaanse stijl die omstreeks de eeuwwisseling was gebouwd en liep parallel aan de straat naar een reeks treden die naar een halfronde stenen grot leidde. Daarin waren, omgeven door hoge cipressen, twee nissen te onderscheiden waarin oorspronkelijk stenen beelden, allegorische figuren hoorden te staan. Inmiddels waren ze leeg. Alleen de twee sokkels stonden er nog. Het ontbreken van de inhoud van de nissen was storend, het maakte de beschouwer onrustig. Aan zijn geestesoog trokken willekeurig paren beelden voorbij die hij erin zette en weer liet verdwijnen, wereldse en religieuze persoonlijkheden, apostelen en filosofen, legeraanvoerders en muzen, en al naar gelang de betekenis van de figuren veranderde het park, omdat het door zijn geometrische aanleg ooit door de beide beelden beheerst en verklaard moest zijn. In deze uitermate mensenschuwe tuin, die sinds lang niet meer voor het publiek toegankelijk was, werkten beide vrouwen aan hun terugkeer als nuttige leden van de maatschappij. De struiken werden uitgedund, de hagen geschoren, de bloembedden schoongemaakt, de bladeren bijeengeharkt en weggereden, de leigrijze grindweg die in een langgerekt ovaal door het vlakke terrein liep werd genivelleerd. Die met het verbrande gezicht en het wellustige haar had op haar hark staan leunen en zo het beeld van de lusteloze beambte belichaamd wie het aan te zien was dat ze in haar jonge leven tot nu toe geen hogere autoriteit dan haar metgezellin had gehoorzaamd. Een brede stereorecorder overspoelde de gefatsoeneerde tuin met rapmuziek en jachtig DJ-geleuter. Het terrein om de villa heen scheen in vroeger tijd veel groter te zijn geweest. Nu grensde het aan de achterzijde onmiddellijk aan een openbaar recreatiegebied met tennisbanen, een voetbalveld en een zwembad, zodat hier in de zomermaanden de hele dag door rumoerige bedrijvigheid moest heersen. Mogelijkerwijze was dat de reden geweest dat de eigenaren van teruggave van hun familiebezit hadden afgezien. De stad was aanvankelijk van plan geweest in deze vroegere residentie van een hofschilder uit de tijd van Wilhelm II een jeugdcentrum onder te brengen, maar was niet opgewassen tegen de eisen die Monumentenzorg stelde. Dus stond de villa nu leeg en ongebruikt, een schitterend dood huis in treurig verval. De nog resterende tuin was door de verloren code onbegrijpelijk en onbehaaglijk geworden. Niemand had hier iets te zoeken, de plek was vol onvervulde stilte, als een gezicht met lege oogkassen. Het is mogelijk dat de donkere vrouw het eerst door zijn schimmenwereld werd gegrepen. In elk geval kwamen de eerste bevelen van haar. De hiërarchische gebaren keerden terug, een onderling gedrag dat zich volgens de regels van het intieme geweld ontvouwde drukte een zwaarder stempel op hen dan ze vrijwillig zouden hebben toegelaten. Weldra leidde het ertoe dat ze hun namen opgaven en zich weer met de oude onheilspellende titels tooiden.

*

'Beelden van vreugde,' zei ze, 'beelden van vreugde zijn het.' En weer kwam die zachte stem van destijds, uit de jaren toen de schilderijen waren ontstaan, over haar verschrompelde lippen.

Bezoeken bij Nadja, Berlijn eind jaren zestig, Muskauer Strasse, mistroostige loft in het achterhuis in Kreuzberg, het wonen slonzig, de moed brutaal, de kunst zorgeloos. Afbrokkelende gevels, de leefwereld van bejaarden en eerste-generatie-Turken, blijvende oorlogsschade dacht men, maar twintig jaar later hadden rijkdom en restauratie hier alle sporen van die leefwereld uitgewist.

De naïeve kunstenaar Torsten schilderde als een bezetene, vulde het ene doek na het andere met de monumentaal uitvergrote schaamlippen van zijn vriendin, niets dan die mateloze vouwen en overlappingen, de jonge vagina van die vrouw die intussen grijs begint te worden en haar gebreide vest dichter om haar magere schouders trekt. Toen hij stierf (tweeëndertig pas, na een doorgehaalde nacht in Albufeira, sliep gewoon verder met stilstaand hart), liet hij haar deze getuigenissen van een grote sensuele vreugde na, zestig acrylportretten van haar geslacht, een erfenis die haar destijds evenmin geneerde als nu wanneer ze met vreemde mannen voor de doeken staat en hun de hyperrealistische onthullingen van haar jeugd laat zien. Maar tot nu toe hebben kunsthandelaren en galeriehouders slechts kort en hoofdschuddend voor het werk van haar geliefde verwijld. Het is tot nu toe niet ontdekt en kwam nooit verder dan de obsessie, het geluk die de schilder tijdens het schilderen vervulden. Intussen bekijkt ze het werk graag samen met haar volwassen zoon die zojuist zijn vervangende dienstplicht heeft vervuld, en verklaart hem de beeldopbouw en het kleurenspel, de vastberaden krachtige lijnvoering van de vroeg gestorven vader wiens schilderijen vanuit de fabrieksetage hun weg in de wereld nog moeten vinden. Voor haar zijn het kunstwerken en daarom elke dag opnieuw, alle dagen tot in eeuwigheid: beelden van vreugde.

*

Een camera dringt in de intieme afzondering van een mens binnen en toont ons de lezer, niets dan de lezer en zijn kamer, een zomerse ruimte met open deuren naar de tuin. Hij zit in een halfronde stoel zonder armleuningen en buigt, kromt zich over het boek dat in de sleuf tussen zijn x-beenachtig samengeperste knieën ligt. Vervolgens is er verder niets dan een mug die hem stoort en waarnaar hij slaat, zonder zijn blik van de regels te verheffen. Dan volgt een close-up van het oplichtende gezicht van de aanvankelijk bijna zonder gezicht lezende man. Hij leunt achterover, zijn knieën openen zich, hij heft het boek op. Dat langzame grote oplichten van zijn gezicht! Dat ten slotte stokt en heel geleidelijk weer afneemt. Grimas van scepsis, streep in de marge, beginnende verduistering. Man legt opengeslagen boek omgekeerd op zijn knieën. Kijkt in de verte. Door de open terrasdeuren naar de tuin zonder iets te zien. Legt een vinger op zijn lippen. Zucht. Leest verder. Plotseling schiet hij uit zijn stoel overeind, draait zich half om, kijkt nog eens naar de regels: 'Wat?!'... Hij staat op, legt het geschrift open op de zitting. Een windvlaag slaat naar binnen, bladert de pagina's om. De man loopt een paar schreden zijn tuin in, kijkt achterom naar zijn stoel, zet zijn handen in zijn zij, schudt zijn hoofd... 'Als dat zo is, mijn vriend,' mompelt hij, 'als de zaken zo staan, dan moge God je genadig zijn!'

Hij bedoelt het boek, heft dreigend zijn vinger. Ten slotte lijkt hij door een schrandere, superieure gedachte getroffen, gaat met overdreven vastberaden stappen terug naar zijn stoel, 'dat gaan we eerst nog eens nauwkeuriger bekijken', zeggen die stappen, en hij gaat weer zitten, neemt het boek voor zich, bladert het door tot hij de betreffende passage heeft gevonden. Hij leest met het vaste voornemen zich niets op de mouw te laten spelden. Nauwelijks zijn twee bladzijden aan zijn heldhaftig onverstoorbare gezicht voorbijgetrokken of iets in hem begint te breken. Hij leest zienderogen schuchterder, leest bedeesd, versmalt en krimpt tussen hals en knie ineen. Maar kort daarop lijkt hij zich krampachtig te amuseren, hij lacht hardop en bitter, hij wendt een lachbui voor, breekt af, verbleekt, grijpt naar zijn haar, gooit plotseling zijn bovenlichaam achterover, rukt zich los van de regels, legt zijn gevouwen handen in zijn nek, staart met bevende lippen in de lucht. Zijn ogen vullen zich met tranen. De mug keert terug op zijn wang. De man snikt. 'Waarom?' stamelt hij. 'Waarom heb je dát nu juist geschreven?'

*

Ik ontving een paar regels van haar, dat ze weer in de stad was, alleen voor het weekend, of we elkaar niet konden treffen? Ik schreef terug dat ik de komende zondagmiddag vrij zou houden om haar in haar hotel te bezoeken.

Loredana de Waard was commissaris van de Nederlandse regering voor vraagstukken inzake de bescherming van de burgerbevolking en jaren geleden had ik een vrij uitvoerige discussie met haar gehad, toen ik voor een reportage over dit thema haar hulp had ingeroepen. In mijn film had ze toen ook commentaar gegeven. Zoals soms gebeurt, verloren we daarna niet onmiddellijk alle contact. We correspondeerden nog nadat de film was uitgezonden en ik alweer met andere projecten in mijn hoofd rondliep. Mijn belangstelling voor een thema waarmee ik bezig ben geweest is niet onmiddellijk weer gedoofd. Ook dat is zeker niet ongebruikelijk voor een televisiejournalist, hoewel ik me erop laat voorstaan een bijzonder gewetensvolle 'nabewerker' van mijn films te zijn. In de meeste gevallen streef ik er ook achteraf nog naar alle mogelijke informatie te verzamelen en te archiveren, en ik houd – althans in digitale vorm – mijn documentatiebestand steeds up to date.

Toen ik die zondagmiddag mijn Hollandse kennis opzocht, had ik een nauwkeurig beeld van de vrouw die ik verwachtte terug te zien. Maar degene die de kamerdeur opende en me als bekende en bevriende bezoeker begroette, had ik nooit eerder gezien. Op schrikwekkende manier beantwoordde ze niet aan mijn verwachting, mijn herinnering. Omdat ik in mijn vak met heel veel mensen vluchtig in aanraking kom, vermoedde ik aanvankelijk een persoonsverwisseling in mijn herinnering. Maar tijdens het daaropvolgende gesprek, waarbij we de gebruikelijke informatie uitwisselden en schijnbaar aanknoopten bij onze vroegere gesprekken, begon ik de verdenking te koesteren dat de Loredana de Waard die ik een paar jaar eerder had leren kennen, en de vrouw met dezelfde naam en blijkbaar ook dezelfde professionele positie in geen geval een en dezelfde konden zijn. Het zou niet lang duren voor ik me zekerheid kon verschaffen. Ik hoefde thuis maar de kopie van mijn reportage van destijds af te spelen. Daarin was ze in twee interviewsequenties te zien, Loredana, regeringscommissaris bij het bureau bescherming bevolking in Den Haag.

Door een opvallend fysiek kenmerk dat verwisseling in feite onmogelijk maakte raakte ik er ten slotte op domme, zintuiglijke wijze van overtuigd dat ze de waarheid sprak. Haar armen waren gewoon te lang. Ze wist niet wat ze ermee aan moest. Ze kruiste ze niet, zoals andere vrouwen, onder haar borsten, maar bijna over haar navel. Nooit hingen ze recht naar beneden. Alleen toen ze: 'Eten Opeten Opgegeten!' riep, zette ze ze met gespreide handen in haar zij, de ellebogen achteruitgestoken als sprinkhaanpoten.

Thuis had ze videocamera's in de kamers opgesteld. Ze bewaakte zichzelf bij al haar gangen. Ik kon er niet achter komen of ze een vaste aanstelling bij het bureau had gekregen of dat ze daar illegaal werkte. In elk geval bestond het kantoor van De Waard nog altijd, en ze had daar, blijkbaar met stilzwijgend goedvinden van alle medewerkers, de plaats van haar slachtoffer ingenomen. Onderdeel van de paradoxale heksenkring die om haar misdaad lag en deze tegen opheldering beschermde was dat ze weliswaar alles, werkelijk alles deed om de aandacht op de *inlijving*, zoals zij het noemde, te vestigen, maar hoe nadrukkelijker ze dat deed, des te vastberadener weigerde haar omgeving welke verdenking dan ook te koesteren. Het leek een beklemmende versie van het sprookje van Doornroosje: het verdwijnen van de eerste Loredana had haar collega's in een soort trance, in een toestand van halfslaap gebracht.

Videocamera's observeerden Groot-Loredana ook bij haar dwangmatige rituelen. Daarna bekeek ze wat er was vastgelegd. Ze had bekend, ze was weer eens voor haar rechters getreden en had bekend. Op de banden had ze haar misdaad tot in de gruwelijkste details geschilderd en uitgebeeld. De film eindigde met het vertonen van de afschuwelijkste bewijsstukken en was met nuchtere zorgvuldigheid uitgewerkt tot een juridischmedische documentatie. Toch dacht ze er nooit over zo'n band aan de politie te overhandigen.

Ik vroeg me natuurlijk af waarom uitgerekend ik de uitverkorene voor haar eerste werkelijke bekentenis moest zijn. Misschien omdat ik als enige filmbeelden van de eerste Loredana bezat? Ze daagde me uit met haar te slapen onmiddellijk nadat ze het 'voor elkaar had gekregen', dat wil zeggen nadat alles was uitgesproken. Maar dat kon ik niet. Ik zag haar tot donkere spleetjes samengeknepen ogen, haar zinnelijke teleurstelling en zelfbeheersing die haar deden trillen. Omdat ze zich in een plotselinge ommekeer tegen mij richtte, verloor ik op dat moment alle eerbied voor het pathos van haar misdaad, en was ze voor mij opeens niets anders dan een monster, een tot in haar instincten beschadigd wezen. Onder haar oksels rook ze naar angstzweet. Op dat moment in elk geval, voor mij in elk geval. Werkzweet is nauwelijks te ruiken, angstzweet stinkt meteen ontzettend. Ik vroeg me af of ze ook gezweet had toen ze Loredana's *vleeshemd* opensneed. En of het angstzweet of werkzweet was geweest. Ze zei vleeshemd in plaats van lijk, dood lichaam, en dat kwam van het oud-Hoogduitse lih-hamo, hamo is hemd. De drommel mag weten hoe ze daarop was gekomen.

Maar ik kon ook onmogelijk de kamer verlaten. Ik was bang nooit meer de vrijheid te bereiken. Ze had een ingewijde van me gemaakt. Als enige, als overrompelde bezat ik nu de meest intieme bijzonderheden van een gruweldaad waar nog geen haan naar kraaide. Ik was niet *een* medeweter, maar *haar* medeweter. Wat behoorde ik te doen? Wat moest ik doen? Ze was nu eenmaal vervloekt, en de meeste mensen trachtten zich te beschermen tegen de ontdekking dat een dergelijk monster onder hen verkeerde.

Ze vertrok, ze belde me op, belde twee, drie keer per week zodat het de kinderen opviel en deze mijn exvrouw vertelden dat ik een nieuwe geliefde had. Ze kwam terug, een paar keer voor een weekend, het was inderdaad als bij een kersverse verhouding. Ze had het voortdurend over haar 'speelweide', fêtes champêtres, chymische bruiloft, uitgelatenheid – in steeds nieuwe, verbergend-onthullende, versluierende begrippen. Ze schilderde me uiteindelijk van uur tot uur de precieze toestand van haar gewaarwordingen, vooral de golfbewegingen, de geluksflow, de enorme opluchting die ze voelde nadat ze me tot haar ingewijde had gemaakt. Ik was niet haar rechter, ze had me volledig in haar macht.

Ze had het over eenwording als scheppingsprincipe. De vier interpretatiewijzen van de Heilige Schrift dienden consequent te worden toegepast op haar sacrale daad. Ook de wereldworm zou zich voeden door zichzelf op te vreten en daarin voltrok zich de geschiedenis der mensheid. Ze sprak levendig, ongedwongen en charmant, en juist daardoor kon haar krankzinnige, extatische geest des te bedreigender de mijne naderen. Mijn verstandelijke vermogens waren niet meer opgewassen tegen de archaïsche mestvaalt, de cultus van de ontleding. Voor ontbinding had ze 'de vrouw' (haar slachtoffer, dat ze had opgegeten) willen behoeden – het moest me bijna duidelijk zijn. Zoals St. Catharina een ring van de voorhuid des Heren aan haar vinger droeg, zo droeg ook zij van het lichaam van de eerste... maar hier werd de feitelijke informatie overspoeld door een stortvloed van hagiografische rotzooi waar ik niet doorheen kon komen.

Desondanks slaagde ze erin me geleidelijk tot meepraten te bewegen (waar had ik haar ook moeten ontwijken?). Ja, opeens *bespraken* we het waarachtig sa-

57

men, het onvoorstelbare, we hielden ons bezig met begrippen en symbolen, en ziedaar: de wandaad veranderde stap voor stap in een kwestie van interpretatie. De bittere vreugde van het begrijpen ondermijnde de monsterlijkheid.

Naakt en onverhuld had het hoofd in een van die grote blauw-rood-witte nylonzakken gelegen waarmee de Polen hun bussen uitkomen om inkopen te doen, vertelde ze. Zo had ze het 'hoofd' meegenomen. Alleen meegenomen, iets naders wilde ze niet zeggen, want het hoofd moet je zelf bewaren, zodat de 'wereldkoe' het nooit vindt, meegenomen had ze het zoals Seth het hoofd van Osiris. Al het andere verdween door *putrefactio* (vergaan). Door 'een gaar koken van de ledematen' (koken: oorspronkelijk verjonging)... 'ze was dood en was toch op haar mooist als lijk zo wit als zout...'

Ik kon nu vaststellen dat de moordenares inderdaad hetzelfde handschrift had als de vermoorde.

Een vrouw begaat een seksuele misdaad. Niemand brengt die aan het licht, niemand wil die ontdekken. Ze zwerft rond, zoekt een levend, denkend wezen aan wie ze haar daad kan bekennen: opdat deze überhaupt heeft plaatsgevonden! De onderzoeksinstantie kan dat niet zijn, want die *moet* het zelf ontdekken. Maar ze slaagt er niet in, wellicht mede niet omdat ze onbewust als een slaapwandelaar een eerbiedige boog om de gruwelijke ontdekking maakt.

Voor de moordenaar die niet ontdekt wordt zijn er maar twee mogelijkheden om verder te leven met zijn misdaad die, zolang hij niet is veroordeeld, steeds heftiger in hem tekeergaat. (Uiteindelijk raakt hij veel bezetener door de daad die hij heeft begaan en die in het verborgene blijft dan hij was door de drift die hem de misdaad deed begaan.) Óf hij slaagt erin zich in een bekentenisextase van zijn misdaad te bevrijden, óf hij is gedwongen die te herhalen.

Ze zat naast me op de bank bij ons thuis. Ik liet haar de film zien waarin de eerste Loredana optrad. Ze wees me de steken in hals en buik. Ze zette de knipperende groene cursor op die plekken.

Wat wilde ze nu nog van mij? Dat ik een tweede film maakte waarin zij zou optreden en me nieuwe 'herziene' informatie over de Hollandse bescherming burgerbevolking gaf?

Ze zat naast me, en ik moest aanzien hoe haar kannibalistische mond mijn kinderen Ruth en Toni bij het welterusten zeggen op hun haar kuste.

Na haar eerste grote ontboezeming bezat ik nog de kracht en de schroom haar onverholen wens naar een omhelzing af te wijzen. Ze wilde de ingewijde dopen met het water, het zweet van het bekennen dat langs haar voorhoofd, borsten en benen droop. Restte er nu nog iets van weerstand in mij? Wat ik in haar aanwezigheid ook zag en voelde, alles zoog me dieper in de draaikolk, in de maalstroom van deze vrouw die 'kakkerlaksterren' zei als ze naar de nachtelijke hemel keek, en in het algemeen licht en duisternis in haar mededelingen zodanig vermengde dat geen mens haar meer kon volgen. Ze leefde in een innerlijke, hermetisch afgesloten wereld van geweld. Plotselinge brokken uit oertijden, ontijden, bloedige voortijden schokten haar zinnen als krateruitbarstingen. Ze was het slachtoffer van talloze mythologische verkrachtingen; onder de voet gelopen door galopperende centauren, omsingeld door een Jupiter-*rechter* in vele en vluchtige gedaanten,

zag ze zich genoodzaakt even snel van gedaante te wisselen om als rusteloos subject via de taal te ontkomen.

Dus ook met mij in haar armen had ze nog geen
eindpunt bereikt. Ze drong verder in me, zag mijn lichaam, mijn handen, mijn gezicht aan voor de schuilplaats van die ander die haar van overal aankeek en
controleerde. Stel je eens voor: wie ben je nog helemaal, als een vrouw in de heftigste ademtochten der
liefde bekent: Jij – jij bent het niet! Jij bent alleen het
masker waarachter zich die ander, die *rechter* verbergt
en me bespiedt!

Op zekere dag ontdekte ik – beter laat dan nooit – iets in
haar dat me een laatste maal deed huiveren en een laatste poging deed ondernemen van haar los te komen.
Haar rechterhand had slanke, tengere vingers, de lange
nagels waren matglanzend gelakt en hadden spitse witte
randen. Maar de linker, ontdekte ik nu tot mijn ontzetting, zag er heel anders uit. Korte knobbelvingers met
afgekloven nagels staken uit een ronde, gezwollen
handrug! Het leek of de twee handen niet uit een en
hetzelfde lichaam waren gegroeid. Een van beide, de
slanke of de plompe, leek niet bij deze vrouw te horen,
aan deze arm vastgemaakt te zijn! Het was veel gruwe-
lijker om aan te zien dan ongelijke ogen of benen... Ik
had altijd alleen haar rechterhand gekregen, de rechter
ter begroeting, de rechter als we naast elkaar zaten en
hij zogenaamd achteloos op mijn knie bleef rusten terwijl we naar de film keken... maar nooit had ik beide
handen samen gezien. Ze stond immers altijd met die
hangende, over haar buik gekruiste armen en verborg
haar handen onder haar ellebogen...

Intussen heb ik haar vele malen met beide handen in
laden zien rommelen en ben ik aan deze lichamelijke

misvorming, of asymmetrie in elk geval, gewend geraakt. Haar rug krijgt een bochel, haar handen krommen zich tot bijna even grote poten en ze neemt de vorm van een dier aan dat zijn uitwerpselen begraaft. Dan pretendeert ze naar een haarspeld, een haarkam te zoeken, een of ander prul dat zich echter in de betreffende lade, en eigenlijk in het hele huis niet kan bevinden. Ze woelt blijkbaar alleen in laden om te kunnen woelen, gooit de oppervlakkige sortering en ordening van de voorwerpen razendsnel door elkaar, en zodra de inhoud van de lade onoverzichtelijk is geworden, begint ze in het wilde weg te graven. De gedachte ligt voor de hand dat het ook een koelbloedige moordenaar tot voordeel zou kunnen strekken om een heilloze wanorde om zich heen te scheppen, een wirwar van sporen achter te laten in plaats van dwangmatig te proberen dat ene uit te wissen dat regelrecht naar zijn daad leidt.

Zoals gezegd, de schrik van haar ongelijke handen was de laatste verwarring die me, voor een korte adempauze, aan haar invloedssfeer ontrukte. Voor de laatste keer zag ik niets dan het lelijke monster Groot-Loredana dat zich had volgevreten aan een ander, volgde het met koele, half biologische, half mythografische belangstelling, dat gemene monster dat niettemin in wezen onschuldig was. Ik bedoel, haar misdaad stelde een sacrale handeling voor, in de verkeerde tijd geschied en dus tot misdaad geworden. Het had niets met haar individuele geschiedenis, haar sociale achtergrond, haar opvoeding of dergelijke te maken. Het was eerder vergelijkbaar met een genetisch atavisme dat slechts bij enkele zeldzame mensen aan het licht treedt, iets als een abnormale botuitgroei bij de stuit of een dichtbehaarde rug... Er schijnt immers inderdaad maar een kleine civilisatoire 'enzym-fout' nodig te zijn om iemand tot een 'abnormaal' beest te maken. Een bepaald enzym dat verantwoordelijk is voor de synthese van onze sensibiliteit en algemene beschaving wordt in zo'n geval niet aangemaakt, of een noodzakelijk filtermembraan ontbreekt, en plotseling barst een duister, prehistorisch gedrag los in de zinnenwereld van een leuke, moderne, niet eens academisch gevormde vrouw. Zij zelf is niet tot enige afweer in staat (dat is immers juist de enzym-fout!) en gehoorzaamt slechts aan de eisen en noodzaken van het ritueel. Het sacrale, dat veronachtzaamd door de tijd zwerft heeft juist die kleine fout, die pneumatische scheur in de ziel van een argeloos en volstrekt onbegenadigd mens weten te vinden waardoor het kon binnendringen, en heeft zich in een verschrikkelijke ommekeer doen gelden...

En zo was het lange tijd gedaan met mijn vermogen een nuchtere gedachte te formuleren of Loredana met gezonde afschuw te bekijken. Definitief was ik in de nimbus van haar misdaad opgenomen. Je zult zeggen dat dat al bij het eerste woord van haar bekentenis gebeurde en dat ik vanaf dat tijdstip een willoze prooi van de sirenenzang van de eenwording was geworden. Ik wist alles van haar. En die kennis beschikte over mijn lot. Hij beheerste mijn schreden en voerde ze als het ware langs een magisch pad naar het meedogenloze gebeuren, waarvan ik nog steeds denk dat Loredana het in het diepste van haar tegennatuur van mij had verwacht, had begeerd, ja tegen wil en dank had bewerkstelligd. Ik was verdwaasd, en tot mijn geluk handelde ik in een dichte, zekere bedwelming die niet week bij alles wat nu gebeurde. In elk geval niet tot op de dag dat ik werd gearresteerd.

*

Een oude man is het, in een karamelkleurig driekwart jack van goedkoop kunstleer met van dat witte krullerige imitatiebont op de kraag, een heel krap jack, en zeker al dertig jaar oud. 's Morgens vroeg om half vijf loopt hij met kleine haastige passen door de uitgestorven straten, waar de krantenjongen van huizenblok naar huizenblok rijdt en in de kantoorgebouwen het licht aanflikkert als de schoonmaakdienst aan het werk gaat. Wie is het, wie was hij?

Hij zegt: 'Na de oorlog had ik een krantenkiosk. Op de Nollendorfplatz.' En verder? 'Ik ben soldaat geweest.' Daarvoor? 'Heel vroeger heb ik wielerwedstrijden gereden.'

Hij verloochent zijn werk. Hij was soldaat, ook wielrenner. Maar in werkelijkheid is het Carl Gustav Reutel, schrijver van het tweedelige epos in verzen *Die Nornen*, verschenen bij uitgeverij Perlauer und Brunn, Leipzig, z.j. Hij zegt: 'Na de ineenstorting moest ik stenen kloppen en jerrycans verzamelen.' Hij zegt opvallend vaak: 'Na de ineenstorting,' zodat je de indruk krijgt dat zijn herinneringen zich in wezen op de tijd direct na de oorlog concentreren. Pas geleidelijk aan wordt duidelijk dat hij het over de ineenstorting van zijn geestelijke vermogens heeft. Ik heb het eerste deel van *Die Nornen* in handen, gevonden in de kelder van een overleden actrice wier nalatenschap ik als notaris beheer. Het exemplaar stamt zonder enige twijfel uit het persoonlijk bezit van de auteur. Het is bijna onleesbaar geworden door onderstrepingen, opmerkingen in de marge, correctiepogingen en honend commentaar op zichzelf. Blijkbaar gaat het om een laatste poging weer nader tot zijn eigen werk te komen, 'na de ineenstorting', die overigens omstreeks 1941, dus midden in de tweede wereldoorlog moest hebben plaatsgevonden. Ik heb dat pas ontdekt nadat ik gelukkig het tweede deel van *Die Nornen* wist op te duikelen in een Rotterdams antiquariaat. Pas daarin was het mogelijk om, ongestoord door commentaar van de auteur, te lezen wat Reutel oorspronkelijk had geschreven. Mijns inziens verzen van een grote kracht en schoonheid die tot nadenken stemmen, maar geschreven zijn in een stijl of Klopstock in het tijdperk van de jachtbommenwerpers was verzeild. Ik heb de oude man de twee delen van zijn eigen werk voorgelegd, maar hij heeft ze als twee lege sigarendozen op elkaar gelegd en terzijde geschoven. Hij had niets met boeken, deelde hij mee. Daarna heb ik niet nog een keer geprobeerd hem ertoe te bewegen zijn werk te erkennen. Ik achtte dat niet gepast en kon het ook niet verantwoorden de oude man ertoe te dwingen de 'legende' die hij als een geheim agent voor zichzelf had uitgedacht – zelfbescherming? vlucht voor zichzelf? – te vernietigen en zich weer van zijn bestaan als auteur bewust te worden. Hij heeft er geen flauw idee van dat ik nu degene ben die bijna plaatsvervangend met dit dichtwerk in de weer is, zich ermee identificeert en in woord en geschrift alles in het werk stelt het zijn verdiende plaats in de Duitse literatuurgeschiedenis te geven. Aan een nieuwe druk van het werk valt niet te denken zolang de auteur het niet als het zijne erkent of herkent. Het enige dat ik kan doen is in lezingen en opstellen verwijzen naar of citeren uit wat tot nu toe alleen als Reutels *Nornen* bestaat. Ik heb in aflevering 769 van het tijdschrift *Werk und Wort* fragmenten van de glossen en ornamenten gepubliceerd waarmee Reutel het eerste deel van de *Nornen* aanvankelijk wilde decoreren, vervolgens onleesbaar maken en ten slotte uitwissen. Ze zijn ongetwijfeld een unieke getuigenis van de, voor een niet-creatief mens nauwelijks voor-

stelbare, walging die de hernieuwde kennismaking met
zijn eigen werk bij de auteur opriep. Uniek misschien
ook, omdat het in dit geval niet het werk zelf was dat
het onder de kritische blik van de schrijver begaf, maar
omgekeerd, omdat het werk zijn medusablik op hem
richtte en zijn geest, zijn persoonlijkheid en zijn geschiedenis kapotmaakte. In de spiegel van de voltooide
*Nornen* had Reutel het gelaat van zijn demon gezien: hij
stortte in de afgrond van de heilloze verscheurdheid.

'Bestaat het woord THEOLOGIE al?' stamelt hij in de
marge van de voorlaatste bladzijde. 'Misschien een mogelijkheid de hele rommel met één woord af te doen.'
Zijn werk had hem in een staat van totale onwetendheid gebracht.

\*

In de goot ligt al dagenlang een lege doos met een ge-
scheurde deksel, en de wind op het koude toneel sleurt
hem nu over straat heen en weer. Uit een ijzeren deur
van een bewoonde fabrieketage komt een man met
studieboeken onder zijn arm de overloop van de brand-
trap op en neemt met alledaagse neerslachtigheid afscheid van zijn vrouw. Hij heeft de indruk dat hij in
het hoge noorden woont, in een land met zwarte hui-
zenblokken en regelmatige politiemededelingen die
waarschuwen voor rondslingerende kartonnen dozen
met verborgen springladingen... Met veerkrachtige tred
loopt de man de verroeste ijzeren trap af, een dynami-
sche gang die slecht past bij zijn vooroverhangende
hoofd en bezwaarde hart. Op de begane grond gaat hij
weer langzamer lopen, gebogen en verstrooid. Hij kijkt
niet meer omhoog naar zijn vrouw, die op de overloop
staat en hem nakijkt zonder op een definitief laatste

groet te wachten die, geheel overeenkomstig de regel, nooit komt. Evenzeer gebruikelijk is de tijd die de vrouw elke werkdag 's morgens voor de ijzeren deur doorbrengt, terwijl ze in gedachten de zich verwijderende stappen van haar man volgt die altijd twee, drie minuten voor de bus bij de halte arriveert. De opkomende bedwelming... als zijn schreden zich verwijderen... die verveelvoudiging van autonome processen waarin elke oorzaak en gevolg, elke drijfveer en inhoud vervlochten raken teneinde voortdurend hun innerlijke stuurmechanisme te verbeteren en te versterken... zoveel samenwerking van zovele krachten – in niemands hand!... Wat je doet zie je niet terug als gedaan... het werk wordt ingevoerd in een eindeloos verwerkend doen dat de processen verveelvoudigt en de vlecht steeds dichter maakt, de monsterlijke rank die klimt, zich steeds hoger slingert, zich vasthecht en de eerste zware zwarte gaten in haar bewustzijn veroorzaakt, de steeds langere, steeds diepere bedwelming...

Op een ochtend dat de man weer onbezwaarder dan zijn gemoed de trap voor zijn huis afdaalt, opent zich precies op de plek waar hij anders de straat betreedt de aarde, en hij ziet voor zich een tweede trap die in spiegelbeeld nog eens even diep naar beneden voert en aan het einde waarvan een vrouw die sprekend op de zijne lijkt over de balustrade leunt. Zonder aarzelen, met vastberaden tred als was hij al elke ochtend in gedachten twee trappen en een overloop afgedaald, gaat hij de nieuwe, nooit afgedaalde traptreden af en wordt aan de voet van de trap door de van alle verwachtingen gespeende vrouw opgevangen. Hij volgt haar naar een eettafel waarop ruim twee dozijn halflege borden, schalen met afgekloven botten, leeggezogen vruchten, besmeurd bestek, wijnglazen waarin uitgedoofde sigaret-

tenpeuken drijven, verfrommelde servetten en soortgelijke rommel getuigen van het feit dat hier onlangs een
feestmaal heeft plaatsgevonden. Ze gaan in een hoek
van negentig graden aan het hoofdeinde van de tafel
zitten en het verwondert hem nauwelijks dat ze hun
bespreking beginnen tussen de puinhopen van een
feestdis waarvoor hij niet was uitgenodigd, en in de
muffe lucht van een afgelopen festijn.

'Liegt ú nooit?' vraagt ze onaangedaan, in plaats van
uitvluchten te verzinnen als hij haar op een kleine on-
waarheid opmerkzaam maakt die in haar eerste vrij-
moedige mededelingen is geslopen. Daarop antwoordt
hij: 'Zou u een schoorsteenveger vragen of hij eerst de
as in de schoorsteen gooit die hij wil vegen? Op het
moment dat ik me ook maar de geringste leugen ver-
oorloof – meestal een leugentje om bestwil! – ga ik aan
waarheid en oprechtheid een bijzondere betekenis toe-
kennen.'
    Nauwelijks was de kleine aanmerking over zijn lip-
pen of de vrouw, die weliswaar het volmaakte evenbeeld van zijn vrouw was maar een heel andere taal
sprak, antwoordde onmiddellijk, ja, als had ze eigenlijk
op dit ijdele antwoord gewacht, klonk uit haar mond:
'... – – – ...' Maar de man hoorde het niet meer. Op
hetzelfde moment steeg een werveling van stemmen
op, als stof dat van oud vaatwerk wordt geblazen, fragmenten van luide gesprekken, al het schallende heen-
en-weergepraat dat onlangs aan deze tafel had plaatsgevonden keerde terug en wervelde minutenlang over
en om de verlate gast. Deze schrok niet weinig toen hij
plotseling merkte dat al dat gepalaver van vreemde
stemmen dat hij daar hoorde zijn eigen woorden waren,
woorden die hij ooit, bij de meest verheven en de meest

platvloerse gelegenheden, in alle mogelijke levenssituaties, had gesproken. Een ongewoon diepe droefenis overviel hem. Het was immers of hij met zijn lieve vrouw aan tafel zat, maar zij hem niet meer kende, en weer van voren af aan moest beginnen zich uit te spreken en alles herhalen wat hij al die lange jaren tegen haar had gezegd, als was de hele geweldige inspanning van het *eerste* leren kennen, van het *eerste* vertrouwen schenken vergeefs geweest. Bij deze gedachte overviel hem een peilloze vermoeidheid. Dan weer dacht hij: misschien bestaat er van een en dezelfde vrouw een levenstijd- en een dieptetijd-versie die zich weliswaar niet naar uiterlijk, maar wel naar karakter en levenservaring, ja zelfs naar intelligentie, stem en gebaren duidelijk van elkaar onderscheiden. Deze hier kende hem in elk geval niet en leek hem ook niet bijzonder toegenegen.

'Ziet u het spel dat daar op de achtergrond wordt gespeeld?'

'Ja, ik zie het, maar ik herken de regels en de zin ervan niet. Het is en blijft me onbekend. Nu eens wekt het de indruk van een wedstrijd tussen twee teams, dan weer lijkt het uiteen te vallen in twee- en éénkampen, of zelfs in volledig solistisch spel. Ik weet niet wie bij wie hoort, niet of het spelobject, de staf, een betekenis heeft, beter gezegd wanneer hij die heeft en wanneer hij die verliest. En ik moet bijna aannemen dat de spelers de regels van hun spel voortdurend improviseren en dat juist daarin de eigenlijke zin van deze tak van sport of deze wedstrijd ligt.'

'Nee, de spelers bedenken hun spelregels niet zelf. Zo'n spel kan niet bestaan, dat zou gelijkstaan aan chaos. De spelers kennen heel precies de regels volgens welke overwinning en nederlaag worden bepaald. Maar ze zullen ze niet aan iedereen verraden. Niet aan mensen als u, die tot nu toe geen geheim voor zich hebben kunnen houden... Ik heb hen zelf van tafel gejaagd en door de zwarte doeken het toneel op gestuurd. Zonder uitzondering laat ik hierna de een na de ander weer van het toneel verdwijnen, zodra gebleken is hoe verloren en hulpeloos ze op het kale toneel zijn. Ik geloof in wat ik op het toneel zie. In wat rechts en links ervan, erboven en erbuiten gebeurt geloof ik niet. Ik kan het overigens nauwelijks onderscheiden. Het straalt bepaalde prikkels uit, maar is niet duidelijker dan een schematische prooi, de diffuse contour die de pad van de regenworm ziet. Pas als ik hen die kale kist in heb gestuurd, krijgen mensen voor mij vaste contouren, hun innerlijke samenhang, hun betrekkingen met de buitenwereld, hun schoonheid, hun treurnis, hun ware macht en – hun taal. Tegelijkertijd zitten ze stevig in de bodem vast, de aardschollen reiken tot hun borst – doch in werkelijkheid is het geen aarde, maar schollen van een lichte wolkenmassa waar ze bovenuit steken... Als ik hen op mijn toneel bekijk, dan kan ik in de allerminste altijd nog iets van zijn elementaire, bolvormige herkomst onderscheiden, in elk mens zijn menselijke mogelijkheden waarnemen die ik met mijn gewone alledaagse blik nooit had kunnen zien...'

Nadat het evenbeeld deze woorden had gesproken, wachtte ze nieuwsgierig wat haar gast nu te berde zou brengen. Maar deze sloeg zijn blikken neer en vroeg beschroomd, op doffe toon: 'Is *hier* al het toneel?'

Ze moest hartelijk lachen omdat hij zo bang klonk. Maar toch bleef ze het antwoord schuldig.

De man dacht alleen nog: Wat een onvoorstelbare ellende, met *deze* vrouw, met dit duivelse evenbeeld, met deze vervloekte komediante... de eeuwigheid te moeten doorbrengen!... Toen stopte de bus onder de luifel van het kantoorgebouw waar hij werkte. Met het jasje van zijn metallic grijze pak open, met de beide verzekeringsjuridische naslagwerken onder de arm liep hij de hal door en gebruikte het trappenhuis, omdat hij niet verder dan de vierde verdieping hoefde. Hij liep trede voor trede, en opeens langzamer, steeds langzamer, tot zijn voeten over de tegels sleepten. Hij betrad het agentschap door de nooduitgang. Een secretaresse kwam hem in de hal tegemoet, haar goedemorgen leek hem bijzonder attent en hartelijk. Hij verdween in zijn kantoor, zette de twee zware boeken in de kast en opende de luxaflex voor het raam dat op de binnenplaats uitkeek. Beneden bleek van de ene dag op de andere een gazon uitgerold, een grasmat omzoomd door een wit kiezelpad. Toen volgde, stipt op tijd zoals voorzien, het telefoontje. De arts deelde hem de resultaten van het laboratoriumonderzoek mee die hij nog niet kende. Zoals verwacht. Geen twijfel mogelijk. Hij belde naar huis en zei alleen: 'Ja.' Zijn vrouw zweeg een ogenblik en bevestigde toen dat alles klaar was. Zoals afgesproken. Dat hij zich geen zorgen hoefde te maken.

In de verdere loop van deze dag werkte de man vlot, maar zonder haast het belangrijkste af, zette vijf of zes nieuwe contractontwerpen in de computer en voerde nog enkele noodzakelijke telefoongesprekken. Toen hij 's middags zijn bureau opruimde, had hij het gevoel dat hier in feite niets onafgemaakt bleef liggen. Zonder problemen zou morgen rustig een ander zijn plaats kunnen innemen.

*

'Je hóeft je niet te verontschuldigen!' dacht de bedrijfsleider achter zijn bureau. 'Je hebt een oude man gekrenkt wiens chef je bent. Hij rommelt in zijn laden als
je 's morgens het kantoor binnenkomt, hij schept orde
zonder doel of plan, hij doet of hij druk bezig is om je
niet te hoeven zien, niet door jou gezien te worden.
Toch cirkelt hij in lege, steeds dezelfde handelingen
rond zijn bureau en zijn dossiers, als een gewond dier
dat zijn draai niet meer kan vinden in zijn hol.

Het kost maar een paar woorden, een enkele frase
waarin je de schuld op je neemt, en je kunt die ongelukkige tevredenstellen, hem in zijn eer herstellen, hem
terugbrengen tot zijn eigenlijke taken. Waarom aarzel
je? Je kunt onmogelijk het gevoel hebben dat je tegenover hem in je recht staat, en zelfs al zou je dat objec-
tief gezien wel kunnen, dan gebieden verantwoordelijk-
heidsgevoel en de goede sfeer in het bedrijf je het met
hem uit te praten. Hij is een oude man, liever gezegd,
hij is vroeg opgebrand. Hij heeft natuurlijk zijn fouten
die, naast zijn verdiensten, enorm in aantal toenemen,
dat is waar...'

De chef roept de gekrenkte medewerker bij zich en
biedt hem een stoel voor zijn bureau aan. Hij zelf
neemt de stoel ertegenover, die magisch en onverbrekelijk met zijn leidinggevende kwaliteiten is verbonden.

'Er zijn misverstanden tussen ons gerezen...'

'Nee,' antwoordt de gekrenkte zacht. 'Ik heb de taal
van toorn en minachting die u tegen mij hebt gebruikt
in zijn volle betekenis begrepen. Dat kan het niet zijn
geweest.'

'Wat wilt u van mij horen?' antwoordt de chef, en
zijn stem is vlak, er klinkt de geringschatting in door

die hij juist van plan was te loochenen.

Het ging volkomen mis. De medewerker antwoordt slechts met een langdurig schouderophalen dat een radeloze, treurige indruk maakt, maar niettemin op precies het juiste moment wordt geplaatst. Hij laat zijn chef in het onzekere. Hij eist van hem... het zou terecht zijn geweest – en dat is *zijn* gevoel op deze vernederende stoel – als de belediger naar hem toe was gekomen om voor *zijn* bureau op een nederige stoel plaats te nemen. 'Wilt u dat ik u mijn verontschuldigingen aanbied?' vraagt de hoger geplaatste met een onovertrefbare laatdunkende uitdrukking op zijn gezicht. 'Goed, als u dat wilt kan het gebeuren. Hoewel ik zeker niet van mening ben dat ik me tegenover u in welk opzicht dan ook heb misdragen. Maar we zullen het laten rusten. Bent u nu tevreden?'

'Ik kan moeilijk anders,' antwoordt de gekrenkte en staat als eerste op, het enige teken van opstandigheid waartoe hij vanuit deze stoel in staat is. Alles blijft in vage beklemming steken.

Verbaasd blijft de chef zitten en spreekt, bijna geschrokken en met bleke oogopslag, tegen de rug van de ander zijn eerste openhartige woorden: 'Voor mij is de zaak hiermee afgedaan. Ik hoop dat niets een verdere prettige samenwerking meer in de weg zal staan.'

De gekrenkte gaat weg zoals hij gekomen is. De chef kon zich niet van ganser harte verontschuldigen. De gekrenkte heeft geen genoegdoening gekregen. Het openhartige gesprek bleef onbevredigend, het was mislukt.

De medewerker richt vervolgens een omvangrijk schrijven aan zijn chef, waarin hij zich ertoe laat verleiden de achtergronden van de 'zaak' met een veelheid van 'psychologische en atmosferische details' te verhel-deren. Deze brief bereidt de ontvanger een onverhoopt gevoel van opluchting en ontspanning. Onmiddellijk dicteert hij een antwoord aan zijn ondergeschikte. Vorm, managementstijl en ten slotte de verantwoordelijkheid, zo staat daarin te lezen, die hij voor de hele firma en de vele afzonderlijke werknemers draagt, maken het hem helaas onmogelijk zich in een oeverloze discussie over details en 'af en toe sterk psychologisch gekleurde' achtergronden van een betreurenswaardig, maar in laatste instantie volstrekt onbelangrijk incident te begeven. Het ontbreekt hem zeker niet aan menselijk begrip voor de bijzondere beweegredenen van de briefschrijver; deze dient evenwel in overweging te nemen dat een groot aantal nuchtere bedrijfsbelangen een bedrijfsleider nu eenmaal nauwelijks de tijd laat zich te verdiepen in de zieleroerselen van een individuele medewerker.

Per kerende post ontvangt hij van de ongelukkige, voorheen gekwetste medewerker een tweede schrijven waarin deze zich bijna onderdanig verontschuldigt voor het feit dat hij de bedrijfsleiding zo opdringerig heeft benaderd, en schaamte en berouw betuigt over het al te vertrouwelijke karakter van zijn voorgaande verklaringen. Voor de verdere toekomst koestert hij uitsluitend nog als diepste wens te gelden als betrouwbaar, tot absolute zwijgzaamheid verplicht radertje in de bedrijfshiërarchie die hij uit de grond van zijn hart is toegedaan.

De chef laat deze brief, net als de vorige, in het personeelsdossier van de medewerker opbergen en denkt er met een onbehaaglijk gevoel aan. 'Een labiele man, opgebrand. Een zieke ziel, waarvan weinig goeds te verwachten valt. Het zou voor ons allemaal beter zijn als hij zijn bureau ontruimde. Maar dat zullen we nu

juist weten te vermijden. We zullen ons niet laten pro-
voceren. Dit bedrijf kent geen schrijnende gevallen.
We zullen deze idioot binnenshuis weten te compense-
ren, we zullen tegenover deze ene dunhuidige een andere dikhuid stellen; we zullen deze zwakkeling stevi-
ger in het geheel inbedden, we zullen de prettige sfeer
in het bedrijf een onberekenbaar graadje elastischer
maken...'

\*

Voor haar slaapkamer in de donkere gang klikte de
schijf van de oude elektriciteitsmeter. Ze deed haar
zwarte rok en schoenen met hoge hakken uit en, terwijl
ze op de rand van het bed zat, drukte ze haar ronde
knieën en stevige bovenbenen tegen elkaar. Haar gezicht was hoekig, groot en wat mat. Ook haar handen
waren heel groot en breed. Ze maakte de strak gevloch-
ten, lange haarvlecht op haar rug los. Ze verhief zich
van het bed, een grote houten rechthoek, een bedkist
die vrij in de kamer, van de wanden af stond. Ze sloeg
het bed open en ging met haar grote zitvlak en haar
rechte, brede schouders voor een ladenkastje met een
make-upspiegel zitten, ze reinigde zorgvuldig haar gezicht. Zo bleef het enige tijd. Toen tekenden zich van
onderaf eerst de schaduw en even later de contouren
van een gekromd wezen op het gladgetrokken laken af.
Een liggende gestalte met opgetrokken knieën welfde
op, drukte van onderen tegen de stof tot deze begon te
scheuren. Ze zag – en durfde niet om te kijken – in haar
spiegel de geboorte van de man uit haar bed...

In werkelijkheid zag ze zichzelf, een in doeken ver-
koolde mummie, zo werd ze een paar dagen later gevonden, verbrand bij het roken in bed.

74

'U spreekt onze taal niet?' vroeg ze zacht, toen de absoluut vreemde verscheen, aankwam, nog ver verwijderd
van haar die ver weg in de spiegel staarde, uitkeek over
een onbegrensde vlakte in plaats van zich om te draaien
en zich tot de juist aangekomene te richten.

'Komt u toch! Komt u toch!' fluisterde ze. Of:
'Waarom blijft u zo ver weg? U komt niet naderbij. Ik
ervaar uw haar, uw schouders, uw tred. Komt u toch!
U kunt toch schrijden, u schrijdt immers... Nee, ik
mag me niet omdraaien (als dat het is?), niet omdraai-
en, en ik moet wachten tot u achter me bent *aangekomen*. Ik wil u aangekomen zien of ik wil u helemaal niet
zien. Hier zat ik, zonder de minste verwachting, heel
lang al, langer kon eigenlijk niet, en hier blijf ik zitten,
ook al verteert de verwachting me nu zoals het vuur
verdroogd rijshout. Komt u toch! En als u onze taal
niet spreekt, groet me dan. Groet me. Waarom doet u
dat niet? Waarom laat u me eindeloos bidden en smeken? De begroeting! Zodat ik die zwijgend kan beantwoorden. De begroeting! Zodat ik mijn ja! daarna kan
zwijgen.

U bent hier nooit in de buurt geweest. U komt hier
voor het eerst. U weet niet waar u bent. U komt niet
naderbij, hoewel u voortdurend voorwaarts gaat. Vraagt
u niet in welke streek u zich bevindt. Vraagt u niet naar
de *plaats*, maar naar de ademende plek hier, het zitten-
de lijf, het enige herkenningsteken in de woeste vlakte,
houvast en herberg, vraagt u liever: "Wie ben je?" en
als antwoord krijgt u een mens dat levend en volledig
is, dat is meer dan een plaats, een imperium, een aard-
rijk.'

Het huis een bende, tot de nok gevuld met bewaard
vuilnis, stapels dode kranten, verpakkingen, dozen,

blikken, verzameld, samengeperst en torenhoog op-
gestapeld, het geheel doorsneden met smalle, hoekige
gangetjes om bij het raam te kunnen komen dat ook
gebroken is, kapotgestoten met grofvuil en afgedekt
met ondoorzichtig plastic, wat buiten is, is alleen grosso
modo, ongeveer, als door grauwe staar waar te nemen,
hoewel de bewoonster al naar gelang het licht dat ze
zag nog elk uur van plaats veranderde, tot de nacht tussen de bergen afval neerdaalt... Verschansingen van gebruikte spullen – tegen wie? Ja, tegen de bloedsomloop
zelf, tegen de stofwisseling op zich. Vuilnisstank tegen
gifstoffen in de lucht die niet te ruiken zijn, tegen de
uitwasemingen van de mensen... Hoewel ze toch nog
een keer in de deuropening van haar donkere huis verscheen, op de drempel, en haar enkellange zwarte rok
bijeenpakte, hem optrok tot boven haar knieën, de zoom
liet ruisen, heen en weer waaierde als een revuedanse-
res om het stof van de drempel te wapperen, zij, een
schaduw in de deur.

*

'Zou u het mij vertellen? Of is het te persoonlijk?'
'Nee, er valt niet zoveel te vertellen. Tussen mijn zoon
– hij is nu zeventien – en mij was allang een verwijdering ontstaan. Hij woonde de laatste jaren bij zijn moeder in Seattle, en om haar moverende redenen heeft zij
alles in het werk gesteld om mijn kind van me af te
pakken. Ik hoorde pas weer van haar toen zijn verschrikkelijke ziekte zich manifesteerde. De enige manier om hem te redden, zeiden de artsen, was een been-
mergtransplantatie. Ze konden niet het spul van een
willekeurige donor gebruiken, maar om genetische redenen moest het van een van beide ouders zijn. Mijn

vroegere vrouw greep dus terug op de vader, en ik had geen andere keuze: als ik het leven van mijn kind wilde redden, moest ik me als donor beschikbaar stellen, aangezien zij het niet wilde doen, het in elk geval eerst aan mij had gevraagd. Dus ik reisde naar Seattle, ik luisterde naar de artsen, liet me informeren over de risico's die aan een dergelijke transplantatie verbonden zijn. Mijn zoon wilde er niet van horen dat zijn vader over de oceaan zou reizen om hem als het ware voor de tweede keer het leven te schenken. We dachten dat het in verband met zijn kritieke toestand waarschijnlijk ongunstig zou zijn als hij het hoorde. Dus ik verstopte me twee dagen in het hotel, liep door de musea, bekeek de stad en wist dat ik er nu geruime tijd niet aan hoefde te denken mijn geplande radio-feature over Birma voor te bereiden. Toen ging ik het ziekenhuis in en gaf me over aan de vampiers. De merguitzuigers.

Het was goed zo. Rudi heeft de hele zaak overleefd. En ik had het gevoel dat ik toch op de een of andere manier van nut was geweest. Mijn vrouw, die me nooit bijzonder interessant heeft gevonden, overwon zichzelf en bood aan me voor te stellen aan wat Amerikaanse vrienden van haar. Daarbij waren ook mensen uit de film- en krantenwereld. Ik heb zelfs iemand leren kennen, een producent, die me bij mijn Birma-reportage wilde helpen en in de anderhalf jaar dat ik daar gebleven ben er steeds weer op terugkwam, zonder dat er ooit iets concreets uit voortkwam. Maar in die periode had ik goede hoop, ik woonde weer in de buurt van mijn gezin en was eigenlijk heel gelukkig, vooral omdat de verhouding met mijn zoon zich nu buitengewoon gunstig ontwikkelde. Maar ik ben en blijf nu eenmaal een pechvogel. Na enige tijd waren we weer aangeland op het punt waar het samenleven met mijn vrouw ook vroeger onverdraaglijk was geworden. Al hadden we nu geen liefdesgeschiedenis meer en draaide in feite alles om de jongen. Ten slotte reisde ik na anderhalf jaar nogal vermoeid en ontgoocheld terug naar Duitsland en probeerde weer aansluiting te vinden bij mijn gebruikelijke professionele wereld. Maar ik heb nu, hoe merkwaardig het ook klinkt, niet meer de kracht me met welke rationele middelen dan ook een voorstelling van mijn leven te maken. Het enige dat ik kan zeggen is dat ik waarschijnlijk zelf in veel opzichten niet de allermoedigste of allersterkste ben geweest. Dat is de ene kant. Maar de andere is dat, toen ik nog jong was en op het hoogtepunt van mijn mogelijkheden verkeerde en ook kon bogen op een reeks successen, die vrouw als een doodsengel in mijn leven is binnengedrongen. Zij kwam en ze heeft die steil opgaande lijn afgebroken. Maar zij niet alleen, aangezien ik veel van haar hield en de volledige portie liefde die een mens is toegedacht met haar in één keer totaal heb verbruikt.

Ik heb een jongere broer met wie ik nauwelijks banden heb, hij is in alles mijn tegendeel, hij is fysicus, heeft een gezin met vier kinderen, spreekt een stuk of zes vreemde talen en ontmoet mensen uit de hele wereld. Hij is altijd omhooggevallen. Hij heeft nu eenmaal niet, zoals ik, op een zeker moment de beslissende fout gemaakt. Hij zou nooit op zijn doodsengel verliefd zijn geworden! Zo'n vrouw zou hij instinctief uit de weg zijn gegaan. Maar ik heb het nu eenmaal anders ervaren, ik heb immers alleen het geluk van het gif gemerkt. Ze was niet slecht – misschien was ze uit het rijk van het kwaad naar me toe gestuurd, maar zij zelf was goed, zelfs fantastisch. Het was alleen de grote liefde op het verkeerde moment. Destijds had ik me moeten verzetten tegen het feit dat ik de hele zaak zo verschrikkelijk belangrijk, zo essentieel vond. Maar wie weet? Misschien ben ik ook aan haar ten prooi gevallen omdat mijn krachten allang door haar ondermijnd en verbruikt waren? Het was in elk geval het verkeerde moment – de grote liefde moet later komen, nu stond ze onder een ongunstig gesternte. Ja, wat valt er nog te doen? Ik doe immers mijn best, ik laat niet los. Steeds weer kleine stapjes voorwaarts, en af en toe is er zelfs reden trots op mezelf te zijn. Het liefst zou ik weer met mijn zoon samen zijn en hij zou dat, geloof ik, ook graag willen. Maar ja, van mijn kant bestaat er nu eenmaal een zeker schaamtegevoel. Vooral nu, na die beenmergdonatie. In feite moet ik erkennen – behalve dat beenmerg heb ik hem eigenlijk niet veel gegeven. Als ik altijd bij hem was geweest, zou hij me misschien beter begrijpen. Of me gewoon als zijn vader, eh, liefhebben, of in elk geval aanvaarden. Maar nu moet ik heel wat te bieden hebben, wil hij überhaupt belangstelling voor me hebben. Dan is er ook nog een journalist met wie mijn vrouw heel goed bevriend is en voor wie hij werkelijk de grootste bewondering heeft. Een paar jaar geleden heeft die man een smeergeldaffaire aan het licht gebracht en was hij van de ene dag op de andere de held van de stad. Een buitengewoon populaire man, inderdaad, een beetje vermoeiend, maar onwaarschijnlijk alert en geestig. Voor hem heeft ze blijkbaar niet het boze oog! Hem stimuleert het in zijn beroep, hij heeft alleen profijt van haar. Ja, maar waarschijnlijk is het ook niet de grote liefde. Mijn zoon is nu al meer in echte politiek geïnteresseerd dan ik ooit ben geweest. Hoe moet ik hem uitleggen dat ik in mijn leven op mijn beroepsterrein nooit aan de grote vragen ben toegekomen, maar dat mijn reportages nooit verder gingen dan mijn naaste omgeving? Ik hing mijn tas met de bandrecorder om en toog naar de een of andere fabriek, of naar een sportvereniging waar de spelers tegen het bestuur in opstand waren gekomen. Rudi zou daar nu alleen maar meewarig om glimlachen. En in laatste instantie had het ook niets met mijn ware talenten te maken. Maar als dat met Birma was doorgegaan, waar ik voor het eerst politiek werk zou gaan doen, dan was ik zeker in zijn achting gestegen. Ik geloof dat mijn zoon meer naar mijn broer dan naar mij aardt. En als die ziekte er niet tussen was gekomen, dan zou hij op zijn college en in zijn hockeyclub nu beslist een uitblinker zijn. Maar nu is hij gehandicapt en moet zijn leven lang voorzichtig zijn.'

*

Als mijn man er ooit niet meer is, verhuis ik naar mijn vroegere ouderlijk huis in Wandsbek, zei de oude vrouw tegen de dames van haar koffiekransje. Maar de zieke man zit onaangedaan in zijn leunstoel, half rust hij al in vrede, half luistert hij met gespitste oren, bespiedt wat naast hem nog beweegt en leeft, zijn vrouw die zich geleidelijk instelt op wat er na zijn overlijden zal komen, maar zelf niet meer de sterkste is en meer en meer door nierklachten, gewrichtsontstekingen enzovoort wordt geplaagd. Niettemin om het andere woord: 'Als hij er ooit niet meer is...' Maar hij luistert zonder ophouden, zwak maar met oneindig uithoudingsvermogen. Het is of hij met zijn waterige oogjes haar ziekelijke, maar nog steeds drukke leven opzuigt en daarmee zijn lage temperatuur op peil houdt, die immers niet veel nodig heeft.

En wie beweegt breekt als eerste. Ze keert niet meer terug naar haar ouderlijk huis. Ze sterft onder het waterig oog, voor het zwijgende gezicht van de smarteloos overlevende met de matte, moorddadige fonkeling in zijn brein.

*

Toen alles op het bestelbiljet van het postorderbedrijf was aangekruist dacht ze weer: Als Plesch dit nog had mogen meemaken... Want dat dacht ze nu bij elke opwelling van welbehagen en elke vreugde die ze voelde. En dan schaamde ze zich meteen weer, omdat het zo'n onnozel misbruik van zijn nagedachtenis was. Maar het was nu eenmaal zo geworden, deze kleine verzuchting koppelde ze aan elke aangename gewaarwording die ze nu, drie weken na de plotselinge dood van haar man, ervoer, wellicht ook enigszins als verontschuldiging voor het feit dat het haar soms zo onverwacht goed ging.

Nadat ze de enveloppe met het bestelbiljet op de bus had gedaan, ging ze naar de bakker vlakbij om krentenbrood te halen, zoals elke zaterdagochtend.

'Heeft u het niet gehoord? Vanochtend op het nieuws...?' vroeg het winkelmeisje, en op dat moment schrok de weduwe heftig, of zij nu net de enige was die iets deed waarvan juist was aangeraden dit beslist in geen geval te doen. Geconfronteerd met de open vraag overviel haar zo'n duizeling dat ze zich aan de rand van een afgrond waande, aangestaard door miljoenen ontzette blikken. In feite was ze alleen in haar peignoir de straat overgestoken en de bakkerswinkel binnengegaan, maar voor het winkelmeisje was dat blijkbaar voldoende om te menen dat ze in meer dan normaal levensgevaar verkeerde.

In werkelijkheid gebeurde er echter op dat moment

nog iets anders: voor het eerst dacht ze zonder garne-
ring van treurnis aan Plesch – en dat vergrootte haar
schrik. Haar op zich zwakke golfslag van een acuut aan-
valletje van twijfel viel gedeeltelijk samen met Plesch
zoals hij werkelijk was geweest, en dat tezamen gaf haar
het gevoel van een nachtmerrieachtige dreiging. Plotseling was hij er weer, zijn ziel drong zich als een vlaag
slechte adem aan haar op en ze voelde zich omgeven
door een onverdraaglijke oprisping van de man wiens
gal zo vaak overliep. Zijn gal kwam naar buiten, stroomde over hem heen, over zijn gezicht, hoofd, hand en
knie, en van de hele man bleef niets over dan een reus-
achtig zwart ingewand.

De laatste jaren had hij als gordijnennaaier gewerkt
onder leiding van zijn vrouw, die de zakelijke kant be-
hartigde aangezien hij door de heftige en veelvuldige
flatulentie van zijn ziel niet meer in staat was werk-
zaamheden te verrichten waarvoor hij de eindverant-
woordelijkheid droeg.

Een toevallig schokje, teweeggebracht door de verkeerd getoonzette vraag van het winkelmeisje, en plotseling doofde zijn nagedachtenis. De beschermende
kleine litanie in haar hart die Plesch' afwezigheid be-
klaagd, maar ook bezworen had, was verstomd, hij was
er weer, hij drong zich met onbarmhartige herinneringen aan haar op. Ze had de tv nog niet aangezet of ze
schakelde meteen zijn gebrul in, opstijgend uit bodem-
loze opwinding. Hij liet haar niet meer los, de oscilla-
ties van zijn wrok sloegen op haar over, ze wond zich
op zoals hij zich had opgewonden als hij bij een trieste
uitzending buiten zichzelf raakte als was hij in persoon
bij kindermoord of lijkschennis aanwezig geweest.

*

Het zijn onze dromen, onze hooggespannen verwachtingen die ons aan stukken hebben gereten! Een knaap was ik, vervuld van heftig verlangen, en ik verliet mijn beste vriend omwille van een kraanvogel. Zijn dunne, lange benen beminde ik, de gedaante van de vogel die ik niet kon omhelzen, alleen mocht vergezellen, alleen naast hem staan was toegestaan, en hij was blij, met veel buigingen en luchtsprongen voerde hij zijn devote dans op, met trompetgeschal van dankbaarheid en verrukking. Ik voelde het bloed in mijn aderen gloeien – als ik stilstond klopte het hart me in de keel. Hoewel ik nog bijna een kind was, voelde ik alles wat een volwassen man bij zijn geliefde ervaart, maar kon me toch niet tot de vogel wenden wiens dans me zo opwond, kon hem niet omhelzen, niet aanraken – de knaap die ik was in de greep van een storm van mannelijke begeerte en wellust. Stil blijven staan moest ik, en al mijn hitte in hartelijke warmte veranderen. Mijn beste vriend had ik voor de vogel verlaten, en ik zag hem treurig rondhangen op de veldweg, af en toe keek hij verstolen naar ons – naar het ongepaarde stel – met niet-begrijpende, verbitterde blik. En ik had dan het gevoel of ik mijn bedrogen vrouw minachtte vanwege haar trage troosteloosheid. Waarom kon hij niet ophoepelen en ons zijn blikken besparen? Ik had niets meer met hem te maken.

Als ik niet als vastgenageld naast de verliefde vogel stond die me in zijn ban hield, me in lust liet verstarren, me vroegrijp, rijp, rijper liet worden – als ik niet met hem in het weiland stond dat na de regen zwoel geurde, dan gedroeg ik me tegen mijn moeder of om het even welke kameraad nors en hulpeloos, kon niet opgewekt zijn. Erger, hopelozer verliefd zijn dan ik was onmogelijk.

Het rode kuifje op zijn kop, zijn lange, sterke hals

met het donkere slabbetje, de prachtige cul de Paris van grijze veren, de harde strogele snavel – dat alles niet te mogen kussen, zo dichtbij, zo welriekend, zo verlokkend, en het vreemde, schuwe schepsel bovendien even verliefd op mij!

Maar had ik me onbeheerst bewogen, de ban van het naast elkaar staan en de stille parallellen verbroken, was ik hem spontaan tegemoet getreden, dan zou zijn beperkte instinct hem ertoe hebben gedwongen mijn gevoelens onmiddellijk verkeerd te interpreteren en zich op een aanval voor te bereiden. Direct zou hij zijn vleugels hebben uitgeslagen en niets, ik wel het minst van al, had hem kunnen beletten op te stijgen en weg te vliegen. En toch hield hij van mij in mijn roerloze opwinding.

'Je hebt een slapeloze getroffen! Wat een vervloekte misgreep!' dacht ik. Het meisje, vermoedelijk nauwelijks ouder dan een jaar of zestien, zeventien, liep weer in de slaapkamer heen en weer. Ze tilde de gordijnen voor het raam op en spiedde naar buiten of het eerste draadje ochtend nog niet gloorde... Ze zijn op die leeftijd immers geen kinderen meer, het is onjuist van minderjarigen te spreken. Ze zijn al gekwelde, geraffineerde wezens en handelen de liefde zo weinig vreugdevol af dat het moeilijk is hen niet als murwgeslagen veertigjarigen te beschouwen. Ja, ik geloof zelfs dat in haar zieltje een eeuw van geestelijke zelfbevingering ten einde loopt. Hij eindigt niet zoals de vorige, met verfijnde zinnen en stoutmoedige vernieuwingen, maar juist met een gevoel van verplettering en radeloze retoriek.

Dat ze graag met haar hand in haar zwarte elfenlokken greep, ze van haar slapen hief, de machtige haardos boven op haar hoofd gooide, waar hij zich als water

84

deelde en langs beide zijden terugstroomde naar haar gezicht – wat betekende dat gebaar? De haardos achterovergooien, natuurhaar zonder houvast, niet met haarlak of styling mousse bewerkt, alleen om er steeds weer in te grijpen, haar eigen macht vast te pakken, een beetje Münchhausen, een beetje Samson. Vamp en zwaarbelaste vrouw, schoonheid en onrust... terwijl haar niet erg indrukwekkende borsten, niet meer dan twee stippen onder het T-shirt, nauwelijks opzien baarden... Ik zag haar ronde meisjesgezicht... Mijn leeftijd, de blik van de gevorderde jaren, die bedrieglijke sonde zag... ja, hij zag helaas steeds meer doorschijnendheid, steeds minder vaste voorgrond, hij zag steeds meer overeenkomsten, steeds minder onverwisselbaars... In het leuke gezichtje van het meisje ontdekte ik trekken van iemand anders, de uitdrukking was me van vroeger vertrouwd, maar ik wist niet meer bij wie ze hoorde en wanneer het was... Dat gebeurt soms als je later in het leven voor een bezoek in je geboorteplaats terugkeert en lang vergeten schoolvrienden herkent in de gezichten van jonge vrouwen, hun dochters.

Ik zou haar nauwelijks hebben durven kussen zonder op het laatste moment terug te schrikken voor haar gezicht, haar doorschijnende trekken – de vertrouwde, strenge trekken van een man. Dus bleef alleen haar smalle, bijna heuploze lichaam over, dat ik wilde aanraken, één keer met mijn vingertop wilde omtrekken, lijn der lijnen, nog niet duidelijk geprofileerd, buigzaam en sterk als een verse wilgentwijg.

Maar zij die te gast was kon de slaap niet vatten. Knipte het bedlampje aan, bietste een sigaret, dwaalde weer door de kamer. Pakte een paar ansichtkaarten van de ladenkast en las ze ongeïnteresseerd. 'Waarom ga je niet in het bad?' vroeg ik chagrijnig, slaapdronken. Zij, de mooiste lijn ter wereld, schreed weer langs het raam, tilde het gordijn op, zocht de ochtend. Maar buiten was het nog donker, in de omgeving was geen straatverlichting. Steeds als ik in een lichte sluimer raakte, kraakte de vloer of ik schrok wakker omdat zij, de onbekende, in mijn halfslaap een verschrikkelijke streep onder alles zette: ze gooide haar brandende sigaret op mijn bed en verdween met een ordinaire verwensing. In werkelijkheid zat ze, naakt op haar T-shirt na, met opgetrokken knieën in mijn stoel te roken. Ten slotte werd ik wakker van haar eentonige stem die zacht tegen me sprak en van geen ophouden wilde weten.

'Wat had je je eigenlijk voorgesteld? Je bent toch geen heer en meester over mijn slaap? Ik ben toch je gast, je hoeft toch niet te doen of je hier de hele nacht alleen bent. Ik hou niet van je, maar ik ben nu eenmaal hier. Alles gaat nu eenmaal niet zoals jij denkt. Iedereen is anders. Jij kunt blijkbaar doorslapen tot het ochtend wordt, tot de ochtend komt, de mooie ochtend, ongeacht of het later een witte of een zwarte dag zal worden. Ik kan dat niet. Maar zelfs als ik het wel zou kunnen, zou ik het niet doen zolang ik hier met iemand in huis ben, om niet het risico te lopen dat ik hem niet voldoende ken en omdat ik eerst eens moet uitvinden wie het eigenlijk is, alleen daarom al zou ik eerst goed opletten en me met hem bezighouden, zolang er nog tijd is, helemaal niet uit overdreven nieuwsgierigheid, maar omdat het ook een kwestie van beleefdheid is om je met elkaar bezig te houden, en omdat je 's nachts in een kamer ook dingen kunt doen om elkaar te leren kennen die je ergens anders, op het strand of in de bioscoop, niet zo gauw kunt doen. Praten én vrijen. En bedenken wat de toekomst brengen zal. Een toekomst zonder waanzin en oorlog, een echte witte tijd waarin je niet meer bang hoeft te zijn dat jij de volgende bent die eraan gaat. Alleen daarom al zou ik nooit in slaap vallen, zelfs als ik het kon, zolang er nog tijd en de nodige rust is om je met elkaar bezig te houden, zoals je binnenkort niet meer kunt, en misschien wel nooit meer. Jij wist immers ook niet waar je aan begon, en kon ook niet weten dat ik zwanger ben en eigenlijk voortdurend verschrikkelijk bang dat er iets onverwachts gebeurt. Sinds de vader van het kind ben ik praktisch niet meer met een man samen geweest, ook uit angst dat ik slecht zou worden behandeld. Als je het ergste achter de rug hebt, ben je niet meer zo naïef. Met jou was het wat anders, en ik wist immers dat je al vaak op weg naar huis, als we van sport terugkwamen, iets verstandigs tegen me hebt gezegd, dus ik was heel benieuwd naar onze uitwisseling van ervaringen. Ik had gehoopt dat je me bij die gelegenheid in een of ander opzicht de ogen zou openen, me iets zou vertellen waarmee ik bij gelegenheid eens mijn voordeel zou kunnen doen, bijvoorbeeld wat die nare geschiedenis van je zoon betreft. Thaddäus heet hij, dat klinkt om te beginnen al een beetje overjarig. Thaddäus zou ik mijn kind nooit noemen. Een kind heeft voor mij in de eerste plaats met de toekomst te maken. Met een toekomst waarin je kunt leven, met het eerste morgenlicht, met de witte tijd. Ik begrijp ook niet – nadat iemand je zo'n klap, zo'n enorme wond heeft toegebracht, een vrouw met wie je samen een kind had en altijd zult hebben, ik begrijp gewoon niet dat je dan eigenlijk nog rustig kunt slapen, alsof dat niet het ergste, het allerergste is dat je kan overkomen, gekwetst, vernederd, bedrogen te worden... ik heb in elk geval besloten dat ik met het kind alleen wil blijven, zo alleen mogelijk, voor zover de school dat toelaat, als ik er tenminste van uitga dat ik mijn school afmaak. Ik laat me vast en zeker door niemand meer tot iets dwingen. En ik zal ook mijn kind nooit ergens toe dwingen...'

'Het is afschuwelijk dat je niet kunt slapen, Myriam,' zei ik en richtte me enigszins op in mijn kussens. 'Ik ben hondsmoe. Ik ben gelukkig en tevreden. Het ergste is achter de rug. Ik wilde je, omdat je zo mooi bent, een keer voor me bij het raam zien. Bij het sporten heb ik je vaak heimelijk aangeraakt zonder dat we met elkaar hebben gesproken. Maar toen het er eindelijk van kwam en jij me aankeek, leek het in mijn gevoel een soort heldere optelsom: in een fractie van een seconde had ik alles wat tussen ons beiden maar mogelijk was al doorgespeeld, doorvoeld tot het bittere einde. Soms denk ik: misschien is dat al het begin van de machines in ons, de machines waarmee we ons dagelijks afgeven als we een bepaald scenario, een stuk toekomst tot in het miniemste beslissingsquantum doorrekenen, en we al alles wat mogelijk is weten zonder ook maar het geringste ervaren of uitgeprobeerd te hebben. Maar het oog, beter gezegd het wederzijdse aankijken is waarschijnlijk de snelste en krachtigste rekenaar die ons tegenwoordig ter beschikking staat...'

Ze luisterde alsof ik een persoonlijk verhaal vertelde. Maar het waren maar wat abstracte opmerkingen die dienden om mijn hart te verhullen. Ze bleef rustig en aandachtig en onderbrak me niet. Ik was bang dat ze onmiddellijk de sleetse plek, het gat in mijn praatmantel had ontdekt, waardoor ze alleen sprakeloos van ontzetting naar mijn naaktheid, mijn gruwelijke verdorvenheid en de leegheid mijns harten kon staren. Dat verontrustte me en zette me tot steeds meer praten aan. Ik achtte het mijn plicht (en goddank bezat ik dat laatste plichtsbesef nog) deze troosteloze leegte tot elke prijs voor het jonge, lijdende meisje verborgen te houden. Vooral niet in de nabijheid van de door haar begeerde 'uitwisseling van ervaringen' komen.

Natuurlijk had ik haar bij me kunnen houden. Ik had haar en haar kind in mijn huis kunnen opnemen en beiden kunnen opvoeden. En ze had als model kunnen fungeren voor mijn nog onvoltooide leer van de maten en het onmeetbare, van het wereldverlossende gezantschap van de schoonheid die bij de aanblik, onder de invloed van haar volmaakte beeld steeds strengere en fanatiekere trekken zou aannemen. Maar: nooit had ze mijn grauwe hart mogen aanschouwen, dag en nacht had ik voor haar kinderlijke blik, voor haar zoeken naar bescherming, voor haar onbeholpen goedhartigheid op mijn hoede moeten zijn. Wat me daarvoor deed terugschrikken was misschien inderdaad het laatste zedelijke gebod dat een mens in ere hield die voor de rest een genadeloos immoralisme van schoonheid en getechnificeerde sensibiliteit aanhangt...

Waarschijnlijk had ze er nu dus al een eerste verboden blik op geworpen. Zonder iets te antwoorden, te vragen of toe te voegen ging ze in bed liggen en strekte zich naast me uit. Ze trok de deken tussen haar blote benen en keek naar het raam. Haar handen lagen losjes over elkaar op haar buik. 'Zo ben je nu eenmaal, omdat zij je Thaddäus heeft afgepakt,' zei ze zacht.

Als iemand of iets van bovenaf, van de zoldering of nog hoger, op het bed beneden had neergekeken waarop wij half bedekt, half ontbloot naast elkaar rustten, dan had hij (of het) twee mensen gezien die elk in hun eigen tijdsruimte wakker lagen. Niet lang nadat ze het bedlampje had uitgedaan, ontdekte ze buiten eindelijk... 'hoe het eerste draadje ochtend gloorde'. Geruststeld sloot ze een paar seconden haar ogen.

*

Als we in het holst van de nacht zijn afgedaald naar een bleke mijnlamp, dan onderscheiden we in het vale schijnsel daar een dichtopeengepakte mensenmenigte die door een grote hoeveelheid veiligheidsbeambten, politieagenten en brandweerlieden wordt weggehouden van de plek van een dreigend onheil. Dan staren we, één met de menigte, naar de supermarkt verderop, op het punt waar twee straten een scherpe hoek vormen. Binnen is geen mens te zien, behalve een lief jongetje van een jaar of tien dat zijn wagentje langs de stellingen duwt. Hier pakt hij dit, daar pakt hij dat, en hij loopt daar beschermd en onaangedaan alsof er niets bijzonders is aan het feit dat hij moederziel alleen zijn weg gaat, de winkel midden in de nacht van buitenaf is gesloten en zich personeel noch andere klanten in de ruimte bevinden. De situatie doet denken aan een bommelding, als een gebouw ontruimd en geëvacueerd, een hele stadswijk afgezet moet worden – maar om een of andere reden is een kind, als door een maas in een nachtmerrie, in het middelpunt van het gevaar beland en loopt met lichte engelentred in de voorhof van het onheil. De glans waarmee het is omgeven is verschrikkelijk en zijn onschuld deerniswekkend. Bij deze aanblik voelt ieder in de menigte zijn adem stokken. Maar zij, de afgeschermden, hebben dat jonge leven in werkelijkheid zelf vooruitgestuurd, voor de poorten van hun gemeenschap gezet. In de nachtelijke stilte zwelt het onheil aan als een druppel aan een waterkraan – maar een druppel die, zodra hij vol is en valt, alles, steen, staal en botten, onder zich zal verpletteren. Het kind duwt het wagentje langzaam verder, pakt zakken en dozen van de schappen zo hoog het reiken kan, voor zichzelf, zijn ouders en broers en zusjes. Zo ín- en íngoed en heerlijk lijkt hij de mensen in de verte nu, dat ze maar al te graag willen geloven dat het oog van het onheil, van de rampzalige afgod, de offergave welwillend moet hebben erkend en aangenomen. Het zou niet lang meer duren voor ze hun gezicht een moment met hun handen bedekken om de gruwelijke pijn te kunnen dragen. Maar daarna zou alles verzoend zijn.

Met deze, of een soortgelijke, beklemming worden we badend in het zweet wakker, bedolven onder een mensenmenigte boven wier hoofd na de ontploffing een bleke mijnlamp heen en weer slingert.

*

Als bladeren in een herfstlaan blies de hete wind, die onmiddellijk op de plaats des onheils was opgestoken, hen terug naar de straat die de heuvel op voerde, dwong het winkelend publiek om te keren en op de vlucht te slaan. Het autoverkeer kwam tot stilstand, de menigte waaierde uit over de groenvoorzieningen, de trottoirs en de rijbanen, allen liepen doelloos terug – en liepen of ze voor altijd weggingen. Aangezien ze blijkbaar instinctief wisten dat ze nog heel lang moesten lopen, deden ze dat niet bijzonder snel, hoewel in de wegstromende menigte niemand te ontwaren viel die zich niet in looppas voortbewoog. Niemand liep met vaste, rustige tred zoals hij was gekomen, allen struikelden, stampten, drongen en trokken voort in ongelijkmatige haast, maar ze renden of jaagden niet. Niemand keek achterom, niemand keek naar een ander. Zodat ieder alleen voortliep in zijn angst, vastberaden en toch in zekere zin van zijn gezicht beroofd door wat hij had aanschouwd. Maar pure ontzetting stond op geen enkel gezicht te lezen, alom waren alleen open, lege gezichten te zien, als geplunderde kassaladen.

Angst en afgrijzen stond de vluchtenden niet op het voorhoofd geprent, hun gezichten weerspiegelden niets van het aanschouwde onheil, maar waren kaal van verbijstering. De bron van de vluchtstroom, de plek waaraan dit alles was ontsprongen, moest zich direct achter de heuvel, de lichte oneffenheid bevinden waar de vierbaansweg heen voerde. De omkerenden drongen aanvankelijk in versneld tempo op naar de binnenstad, en het was opmerkelijk dat ze allemaal in dezelfde richting trokken, de stroom splitste of deelde zich niet, niemand week af van de grote stroom, probeerde uit te wijken via zijstraten of een bepaald stadsdeel te bereiken. Ze konden tenslotte toch niet allemaal beschutting, huis en onderdak in een en dezelfde richting verwachten? Maar de menigte werd, misschien in blinde aandrang, misschien door de geheime dynamiek die massa's stuurt, naar het centrum van de stad gedreven en blijkbaar, zoals aan de maat van hun voetstappen te herkennen was, ver voorbij het centrum weer de stad uit, weg, omdat niemand meer leek te geloven dat er binnen haar muren voldoende beschutting te vinden was. Geschreeuw was niet meer te horen, alleen chaotisch gestamp. Toch heerste er geen echte chaos en nog minder paniek in het geheel van de vluchtende stroom, die weliswaar doelloos en machtig was en iedereen meesleurde, maar in wezen niet overhaast verliep en in dezelfde richting ging. Onheil en afschuw hadden hun werk bij deze mensen al gedaan. Waarheen en hoe ver ze ook zouden lopen, ze zouden altijd en overal van angst doordrongen, door angst getekend blijven. Wat hen in een fractie van een seconde verblind, als door een stormvlaag geteisterd had, werkte als een drug, als een peppil die een oeroud dierlijk relict tot leven had gewekt, namelijk het vluchtinstinct, en dat voorrang gaf boven elke andere impuls. Het was of de schrik, die immers alleen met vernietiging had gedreigd en het einde uitsluitend deed *vermoeden*, de schrik dus een vaste code in de chemie van de zenuwen in werking had gesteld die hen tot ononderbroken automatisch lopen dwong: deze vlucht zonder herinnering, zonder voorgevoelens, zonder te weten waarom en waarheen, een vlucht die alleen voortkwam uit de behoefte zich te laten meevoeren door de zuigkracht van de massa. Zo werden ze al lopend tot verdoemden van het lopen en was ontsnappen niet meer mogelijk.

*

Als je 's avonds laat na een lang en onvruchtbaar gesprek moe thuiskomt, je voordeur opent en daar in je eigen hal een tafel met een kaartjesverkoopster aantreft die entree verlangt om de ruïnes van je eigen slaapstede te mogen bezichtigen, dan kun je dat nog accepteren, om dan vervolgens in de voorkamer naar de spiegel toe te lopen en te zien hoe je bij elke stap in de spiegel kleiner en kleiner wordt tot je, eenmaal aangekomen, definitief verdwenen bent...

Die avond waren Olga en ik te laat gekomen bij de openlucht-opera-uitvoering. Deze vond plaats in het dal tussen twee steile hellingen. Beneden in de ketel, in de diepe kloof, was een klein beetje geglitter en ge-

93

blikker van het orkest te ontwaren. De toeschouwers zaten of lagen in onoverzienbare aantallen her en der verstrooid op de toppen en hellingen. Ze staken hun hoofden uit nissen tussen met gras begroeide rotsen. Maar deze afgrond had een bovenaards zuivere akoestiek – de gevoeligste gehorigheid die een ruimte kan bezitten, zodat niet alleen de klank van de instrumenten in pure zuiverheid omhoog, maar tevens elk storend geluid, hoe klein ook, van de rotshellingen naar beneden klonk.

Toen we door de ouvreuse werden opgevangen en binnengelaten, stopte het orkest midden in de ouverture. De paar aardige woorden die ik tegen het kaartscheurende meisje zei, op gedempte toon maar niet fluisterend uitgesproken, waren naar de diepte doorgeklonken en daarbij zo enorm versterkt, dat ze de dirigent en de musici gestoord, ja zelfs overstemd moesten hebben. Ze begonnen opnieuw. Eigenlijk was het alleen aan de welwillendheid van de ouvreuse te danken dat we na de eerste maten nog naar binnen mochten. De muziek steeg hemels boven de heuvels als werden de toonrijen door sylfen gedragen... Nu was het zaak ons niet alleen op onze tenen, maar zelfs zwevend voort te bewegen om in onze klippenloge te geraken. We maakten gebruik van die muziekmaten waarin het leidmotief met groot geweld losbarstte, en gleden over het steile grasland naar beneden. We zagen het wonderorkest ver beneden in het dal, een hoopje strijkende, zwelgende, cirkelende bewegingen, en kropen geluidloos in een zeer lage grot waar we, plat op de grond, de opvoering konden volgen.

Maar omdat het niet alleen een plek betrof met een onverklaarbare klankmagie, maar ook met een lucht die door ongebruikelijke spiegelingen gigantische vergro-

tingen van het toneelgebeuren beneden in het dal opriep, verschenen nu de eerste toneelbeelden, zo dichtbij
dat ze bijna aan te raken waren, maar onvast en als in
trance in de ruimte stonden. Waar anders een boudoir,
een feestzaal, een burcht of een ander decor wordt opgebouwd, kwam hier een hoogst merkwaardig gevaarte
het toneel op. Op een toneelwagen, en wankel als de
grote zwaan uit de dagen van de oude opera, werd het
geluidloos binnengereden. Op het podium stond een
man naast een tafeltje op een hoge poot met een heel
klein tafelblad dat eigenlijk alleen geschikt was om een
hand op te leggen of te slaan. Voor hem stond een verschrikkelijke sculptuur: een ingestorte vrouw die was
vergroeid met haar totaal aan woonpuin, het afval van
haar dagelijks leven. Dit werd uitgebeeld door abstracte, hoog oprijzende pieken en stelde een soort opengebroken ei voor, maar op een ondergrond die in de
breedte liep, en dus meer op een welgevormde bal gist
leek die eveneens boven moet worden opengebroken
voor de bruine boter. Van de vrouw was boven de getande kroon van het woonpuin alleen haar gebogen nek
zichtbaar: een lange nek, te zien tot aan de haaraanzet,
prachtig rond, groot als een door de storm doorgebo-
gen wilgenstam. Alleen de hoge boog van de nek dus,
haar hoofd stak weer in het puin, zoals de zwaan de
zijne in het water steekt.

De man zette afwisselend zijn vuist of elleboog op
het tafeltje dat het formaat van een bord had, en zong,
naar het publiek op de heuvels gekeerd, een entree-aria
waarin hij zijn verhouding tot de deerniswekkende
vrouw voor hem uiteenzette en in grote lijnen de geschiedenis schetste van de bedolvene wier nek al ade-
mend uitzette en ineenkromp.

Maar hoe was het ons te moede, toen de bedolvene

zich ten slotte toch bewoog en langzaam uit het puin te voorschijn gleed, zich in volle majesteit oprichtte, zich uit de wirwar, het afval, de dagelijkse verwikkelingen bevrijdde en in haar totale donkerkleurige gestalte naar voren trad! En hoe ze daarna met de eerste zachte, diepe tonen uit haar keel nog verder naar buiten trad, als het ware voor het mensenrijk trad, tussen hemel en aarde middelend als een priesterlijke vriendin van beide, een stem die gaf en ontving tegelijk, een alt, machtig devoot in elk van haar oneindig teder gevormde tonen...! *Voor ons* zong ze, voor ons die in werkelijkheid stom zijn, in onze plaats trad ze naar voren en zong, in letterlijke zin, het *Lied von der Erde*, opdat wij, verborgenen der sferen, gehoord werden.

Een van ons had zich opgericht en verhief zich tegen het ijskoude zwijgen van de ether. Haar gezicht vertoonde de wonderbaarlijke inspanning om het vergrote geluid te vormen, langzaam de mond, langzaam de oogleden die zich openden en sloten als bij een prehistorische donkere koningin, varanenblik, roerloos stond ze in haar japon die in mat azuur tot op de grond viel, over haar arm hing een gevouwen sjaal, het v-vormige decolleté legde de wortels van de stem, de tot het sleutelbeen gespannen spierbundels bloot. Alle beweging, alle kracht was om de mond geconcentreerd, de mal van de ongrijpbare glittering van de muziek, de mond die het gegevene omzette... De plaatsvervangende zangeres. En als van de heilige huiver die ons daar beving wordt gezegd dat het een overblijfsel is van het opzetten van de nekharen, zoals het dier in angst doet om zijn omvang te vergroten, dan werden we hier bevangen door angst en eerbied voor de vergroting van het menselijke geluid dat gedragen werd door de meedreunende aarde, het koor van de zee, de bomen en de krekels, zodat het minieme planeetje niet even zang- en klankloos zou vergaan als al het andere.

*

De bril van de man met de vogelkop en de gerafelde toupet, een roodbruin nest van levenloze draden, was zo dik dat zijn gezichtsuitdrukking niet meer te onderscheiden viel. Ook 's winters zat hij buiten voor zijn uitdragerij (behalve militaria niets dan oude rommel), vlak bij zijn vriend de reparateur van kristallen kroonluchters, die met dat hoofd dat in alles tegengesteld was, rond en met langzame, uitpuilende ogen namelijk. Beiden staarden ze naar dezelfde plas als het regende, ze hurkten ter rechter- en ter linkerzijde van de regengoot onder de markies en waren zo bang dat ze niet meer met elkaar spraken.

Het klonk aanvankelijk als een rauwe misthoorn, maar diep en doods als werd deze verlaten klank voortgebracht door de totale holheid van deze wereld die ver in het universum zijn noodkreet uitbazuinde. De stier van Phalaris! ging het beiden door het hoofd, en ze dachten het kunstzinnige monstrum te horen waarin de tiran zijn tegenstanders liet verbranden. In het metalen gestel had hij fluiten laten aanbrengen die het geschreeuw van de slachtoffers tot muziek transformeerden.

Nog net... het ging nog net... door de hemel in wankel evenwicht gehouden: fonteinwater fonkelt, stoplichten verspringen, de geur uit een pannenkoekenhuis drijft mee op de wind de straat in, bruin en rauw staan de lege bomen in de laan, krantenpagina's worden omgeslagen, de serveerster trekt haar beurs onder haar schort vandaan, een torenklok slaat de grote langzame tijd van een winterdag. Dat alles blijft en breidt zich zelfs uit, lang voor de eerste schoten vallen... Het ging nog net, twee vrouwen bij de bushalte huilen. In de bloemenwinkel halen ontstoken vingers stelen uit de vazen zoals een dirigent stemmen uit gemengde koren naar voren haalt. Op het ronde plein slaapt, ingepakt op een bank, de dakloze, twee hondenbezitters schreeuwen en raken in elkaar verwikkeld. Een nog-net-vrede wankelt de avond in. Kleine meisjes springen touwtje onder de poortingang, sprongen die sinds de kinderdagen aller tijden onveranderd zijn. Daarnaast de snel pulserende stomme kleuren van de automaten in de speelhal. Een blauwe ader van neonbuis houdt de gipsen discuswerper omvat. Niets aanraken, niets afzonderlijks aanraken – een appèl aan deze dingen zou het evenwicht, de nog-net-vrede in gevaar brengen. Een dictatoriaal regime zou je wensen, door de hemel gecontroleerd, tot behoud van de uiterst breekbare verhoudingen. Het verzamelde stoppen, de losse orde voor de met stoplichten beveiligde kruising, het kleine fragment van een onoverzienbare massa, de korte gedwongen confrontatie van mensen die elkaar onverschillig laten... Alleen de kraaien hoor je strijdlustig krijsen in de kale esdoorn, het enige geluid dat niet gedempt is in dit winterse halfdonker. En dat ze nu de rijbaan oversteken en haastig door elkaar lopen zonder dat ze elkaar uit hun rechte baan brengen!... Tot voor kort leek het ondenkbaar dat iemand de omstandigheden waaronder hij leeft als de vluchtige vervulling van al het maatschappelijk *mogelijke* samenleven ervaart. Wie zou ook de apologie van het wankele evenwicht, van het nog-net op passende wijze kunnen formuleren?

Gezichten die leegstromen – de kleine Vietnamese jongen die tegen het wiel van een enorme Yamaha-motor leunt die op het trottoir geparkeerd staat. De jongen komt elke ochtend in alle vroegte, als de bakker zijn winkel nog niet heeft geopend, hurkt dan op de grond en legt zijn achterhoofd tegen de spaken. Deze aanraking maakt dat hij over de voorbijgangers, de straat, de steden en landen heen ziet naar een fonkelende naad: een boom-, mens- en stadloze grens waar, volledig beschikbaar en met oneindige schoonheid en vrijheid overgoten, juist dat verrukkelijke wezen op hem wacht waartegen hij nu dromend leunt.

Op straat bleef een forse man staan, eerst als aan de grond genageld en daarna zonder 'als'. De schrik sloeg door zijn voetzolen, zijn bloed drenkte de bodem, zijn aderen sloegen vast onder de aarde en vertakten zich. Als een pilaarheilige stond hij daar te midden van de stroom voorttrekkenden. Zijn laatste resten gezichtsvermogen staarde hij weg. Hij bewoog niet, zijn mond bleef leeg, zijn handen lagen tegen zijn dijbenen en zijn lange haar hing recht als een plank op zijn rug. Alles aan hem was loodrecht en roerloos, als was hij een afgietsel, een pop, de lege huls van een mens... In heftige windvlagen trokken dag en nacht taal, beelden, muziek, bladeren, zon, recht, mutsen en kruimels aan hem voorbij. Erbarmelijk rilde hij, de wind geselde hem vanwege die ene misstap die een mens eens per honderd jaar begaat en waarna geen verdere stap meer volgt. Nu rees hij uit het plaveisel op alsof hij verankerd stond in louter dulden, laten gebeuren en laten geschieden, zodat hij met mond noch voeten ooit weer vooruit zou komen. Beven, klapperen, zwiepen – meer beweging dan een kale struik had deze man niet meer.

In hem was alles wat een idioot van geen wereld, geen sterren, geen vreemde blikken voelt.

Een bleek gezicht zonder licht, een mager meisje dat haar rechterarm opheft, uithaalt, klaar om te slaan, zelfs degene die ze juist om informatie vraagt. Omdat hij stottert, aarzelt, niet weet, stoort hij haar en ontsteekt ze in woede. Ze vloekt hem uit, met haar kleine lood-grijze oogjes die nooit oplichten, haar hele leven lang niet zullen stralen... Al wat haar tot op minder dan een meter afstand nadert beschouwt ze als een agressieve beperking van haar speelruimte. 'Begrepen?!' brult ze als een wachtwoord, los, geprikkeld, een ver rollen van de donder in het oor. Kwaadaardig is ze niet. Alleen een dunne huid, het membraan dat tegenwoordig de gekwetsten van de kwetsers scheidt. Doorlaatbaar voor de druk en de klappen van de wereld.

Een gezicht grijs als dode boombast, haar onder een lange zwarte gebreide rastafarimuts, verpakt als een bundel vuile was, voortdurende trillingen die onder zijn7 huid door trekken – zo betreedt de verslaafde de metrowagon en bedelt bij een jonge man, betrekt hem in een ogenschijnlijk vertrouwelijk gesprek, een timide passagier die de (bedrieglijke) speurzin van zijn ellende als de meest geschikte prooi heeft herkend, maar de jonge man wendt gegeneerd zijn blik af, wil dit schrik-beeld van een verloren ziel niet recht in de ogen kijken, slechts vluchtig kijkt hij een keer angstig op om te zien of na de tevergeefse vriendelijke woorden niet iets ge-welddadigs zal volgen. Bij de volgende halte stapt de drugschim uit, zijn smoezelige hemd hangt uit zijn af-gezakte ribbroek. Hij wordt niet meer moe, het eento-nig schokkende ritme dat door zijn zenuwen trekt doet

dag en nacht tot een altijd gelijke schemering vervloei-
en, hoewel hij vaak op zijn horloge kijkt en soms ook
tegen dat horloge daar beneden spreekt. Als door een
kunstmatige huid, een membraan van de tijd spreekt
hij tot zijn 'oude vrienden'.

De juwelier op wiens handloze rechterarm het nummer, het vreselijke ingevleesde getal te lezen is als hij
zijn zijden pullovermouw opstroopt en zijn stomp in
zijn zij zet, neemt voor zijn winkel afscheid van zijn grotere, maar zo te zien jongere broer die altijd een aktetas bij zich heeft die hij van de ene hand in de andere
zwaait. Elke ochtend zie je hen met z'n tweeën terugkomen van het ontbijt dat ze om de hoek samen in een
café hebben genuttigd. Dan gaan ze uiteen, ieder begint
aan zijn werkdag, ze geven elkaar een klap op de schouder, raken nog even over iets aan de praat, keren op hun
schreden terug, de kleine staat tegenover de grote, legt
zijn vinger tegen zijn neus, de ander lacht verholen,
met opgetrokken schokkende schouders, draait zich
opnieuw om om weg te gaan hoewel het gesprek nog
niet beëindigd is, draait in de tegenovergestelde richting, roept zijn kleinere broer die – uitsluitend om for-
mele redenen – een paar stappen in de richting van zijn
winkel heeft gedaan, nog een opmerking na, en natuurlijk heeft de middenstander nog een antwoord klaar.
Daarom komen ze weer bij elkaar, en de grote luistert
instemmend knikkend naar wat de kleine nog te zeggen
heeft, gaat van het ene been op het andere staan, niet
uit norse onrust maar als onderdeel van de kleine dans
der handelslieden tijdens hun ochtendlijke afscheid, de
schalkse flirt van broers die elk hun eigen zaken behar-
tigen, maar nog altijd als vroeger samen het ontbijt gebruiken. Ontsnapt aan alle definitieve afscheiden, het

verdwijnen van vrienden, geliefden en verwanten, die afscheiden die ieders tijd van leven haar ritme en niveauverschillen geven, en dan pakt de grote de enige hand van zijn broer, de linker, en ze drukken elkaar stevig de hand, rechterhand in linkerhand, ze gaan uiteen. Maar de juwelier blijft voor zijn winkel staan en kijkt hoe zijn broer nu wat klossend de rijbaan oversteekt – hij zelf loopt aanzienlijk broekspijpbewuster, nooit gehaast, met kleine stappen van de onderbenen, zijn hand in zijn broekzak, de armstomp soms achter zijn rug verborgen. De broer met de aktetas draait zich al lopend een laatste keer om, wisselt van draaghand en wuift glimlachend terug. Daarop loopt hij met nog iets monterder pas door de morgenkoelte naar de hoofdstraat, vergenoegd en onverschrokken.

*

Ik weet eigenlijk niet meer hoe het tot die onzalige bijeenkomst was gekomen. Vermoedelijk op instigatie van mijn vrouw die me met haar verzoenende woorden weer eens in een hinderlaag had gelokt. Waarschijnlijk was ze van mening dat ik nu lang genoeg met mijn nieuwe vriendin samen was en dat we, nu het ergste achter de rug was, toch eindelijk wel wat ontspannener met elkaar konden omgaan, wellicht eens een avond met z'n drieën konden gaan eten. We zaten in elk geval dicht op elkaar aan een klein tafeltje in de overvolle tuin van een restaurant – Ulrike rechts van mij en mijn vrouw met de jongen tegenover ons. Ik denk dat we alle vier even bedrukt waren, alleen was de jongen nog niet op een leeftijd om dat te tonen of blikken van verstandhouding te wisselen. Hij was buitengewoon opgewekt en alert, en in zijn helderheid ontging hem niets van de bedrukkende situatie waarin we ons bevonden. Ik zag hoe mooi mijn zoon was, het licht waarbij ik een paar jaar had mogen doorbrengen, en het ging me aan het hart dat ik dat voor altijd had verspeeld... Ulrike, die me naast mijn vrouw opeens stil en onopvallend leek, een vreemde eigenlijk die ons alleen gezonden was om gevieren het schema van de mislukking volledig te maken... de goede Ulrike leed vermoedelijk even erg als ik zelf, zo ze zich niet nog verlorener voelde. En zo kwam het dat ze op een gegeven moment schuchter, in een vlugge hoofdbeweging opzij, mijn hand kuste, even vluchtig als een vogel die in zijn scherende vlucht het water even beroert. Omdat ik aan het piepkleine tafeltje eenvoudig niet wist waar ik mijn armen en benen moest laten, had ik mijn rechterarm over de leuning van haar stoel gelegd, en mijn vrouw ergerde zich nu doorlopend aan dit gebaar van bij-elkaar-horen. Ik kon moeilijk zeggen dat ik mijn arm alleen uit plaatsgebrek en tekort aan bewegingsruimte daar had neergelegd; bovendien hing mijn rechterhand slap naast Ulrikes schouder langs de leuning naar beneden, ik hield haar niet vast. Door haar hoofd te buigen probeerde ze waarschijnlijk een adempauze in te lassen en even aan het ondraaglijke beeld tegenover haar te ontsnappen, aan de smakeloze kleine steken onder water van mijn vrouw, het argeloze licht van mijn kind dat opgewonden tegenover zijn vader zat, en ze leek vast van plan zich tijdelijk te wijden aan de situatie aan het tafeltje naast ons, maar een paar seconden later deed haar eigen situatie haar de moed in de schoenen zinken en streek ze, bijna in het begin van een afscheid, met haar lippen langs mijn hand zonder zich erom te bekommeren of mijn vrouw het zag of niet, dat liet haar onverschillig, op dat moment viel er toch niets meer te redden.

In de droom was het zo dat we de jongen uitgerekend in een drogisterij met onze tegenstrijdige bevelen lastig vielen. Er stond een tafeltje met een bloempot alsmede twee gele plastic stoelen voor wachtende klanten. Lydia zei dat hij op de rechterstoel en ik dat hij op de linkerstoel moest gaan zitten tot we klaar waren met onze boodschappen. Er was geen enkele reden om tussen de twee identieke stoelen te kiezen, behalve dat zowel de ene als de andere ouder zijn bevelen opgevolgd wilde zien en ze tegen die van de ander in wenste door te drijven. Onze zoon bleef besluiteloos staan. Van commanderen ging we over tot overreden. De dame van de drogisterij bemoeide zich ermee en koos partij voor de moeder (de rechterstoel). Bijgevolg had ik twee vrouwen tegen me en bovendien was de kant waarvoor zij pleitten, de rechter dus, onbewust de 'betere' kant. In de stroom van de droom, die de waarheid versterkt en de nood vergroot, besefte ik dat opeens mijn hele hart en de hele verdere levensloop van mijn kind afhankelijk waren van de linkerstoel en van de vraag of hij mij dan wel de twee vrouwen zou volgen. Ik werd gekweld door de panische zekerheid dat alleen ik hem de reddende juiste stoel wees, maar tegelijkerheid voelde ik een rampzalig gebrek aan overtuigingskracht, een duivels tekortschieten van het woord zodra ik niet meer kon commanderen. Mijn woorden zouden hem er nooit toe verleiden... ze waren niet beeldend, niet eenvoudig, niet aandoenlijk genoeg. Mijn woorden hadden niet de minste glans en ze weerspiegelden in geen enkel opzicht de gloed van het alles-of-niets-gevoel dat me bezielde bij mijn innige wens hem over te halen mijn kant te kiezen.

Vermoedelijk voelde hij mijn vergeefse aandrang en nadruk zonder precies te weten wat er met me aan de hand was. In feite scheen hij vrij bedaard in te schatten dat ik de slechtste kaarten had, niet de kracht bezat of de kunst beheerste hem te betoveren, hem voor me in te nemen. Wilde ik het erop aansturen het medelijden van mijn zoon te wekken? Alleen al mijn stem, die nog natrilde van het commanderen, en de valse klank van mijn dringende verzoeken zouden dat verhinderen. Mijn jongen kon niet onderkennen dat ik om hem vocht en dat wij alle drie in werkelijkheid een fatale en beslissende strijd voerden met als aanleiding deze volstrekt onbeduidende aangelegenheid.

Hij keek me aan, niet medelijdend of oplettend maar met de dierlijk instinctieve zekerheid dat ik de verliezer was, dat ik hem op dit moment dreigde te verliezen en hij van mijn leiding en invloed verstoken zou blijven. Op dat moment kwam echter een mooie tengere jongen, een jaar of twee ouder dan mijn zoon, de winkel binnen en overhandigde de dame van de drogisterij een kleurenfilm die ontwikkeld en afgedrukt diende te worden. Aangezien dit in het laboratorium achter de winkel met de modernste kopieerapparatuur werd gedaan, kon hij ter plaatse op de foto's blijven wachten, hij ging zitten... en doorkruiste daarbij met nonchalante parcivalschreden de intense kleine onbesliste kwestie tussen vader, moeder, zoon en de over de toonbank gebogen winkeldame, stevende zonder aarzelen regelrecht af... op de rechterstoel. In een achterbakse razendsnelle manoeuvre greep mijn vrouw op dit laatste moment onze jongen bij zijn schouder en wilde hem naar de stoel duwen: tevergeefs! Uit eigenzinnigheid of nagebootst elan, maar in elk geval als gevolg van een begin van contact tussen de twee jongens dat elke invloed van vertrouwde en vreemde volwassenen tenietdeed, zette mijn zoon zich nu evenwijdig aan de oudere jongen en in dezelfde richting kijkend, maar hem vanuit zijn ooghoek in de gaten houdend, op 'mijn' linkerstoel die ik hem zo dringend had aangewezen. Machteloos als ik was zegevierde ik even weinig als wanneer ik had verloren van de rechterstoel en zijn partij.

*

Mismoedig loopt een klein meisje aan de hand van een verklede man. Haar vader zit verborgen in een torenhoge robotfiguur die hij van dozen en rollen, draad en gereedschap zelf in elkaar heeft geknutseld en waarin hij in de optocht ter gelegenheid van het zeshonderdjarig bestaan van de stad wilde meelopen. De doos is over zijn schouders en om zijn heupen vastgegespt, zijn benen zijn onbedekt maar steken in een gestreepte gevangenisbroek. Midden uit het ingewikkelde bouwsel klinkt zijn stem uit de buikholte van de robot door een filter en hij moppert op zijn dochtertje. Ze heeft zijn plezier bedorven, de hele dag bedorven waarop hij zich zo lang en nijver had voorbereid... alleen omdat ze een beetje misselijk is, belachelijk! Dat had ze ook van tevoren wel kunnen voelen aankomen en bij haar moeder thuis blijven. Het meisje trippelt met haastige pasjes, soms struikelend, naast de robot voort, haar blik is troosteloos in zichzelf, naar de pijn, de misselijkheid binnen gekeerd. Moeizaam onderdrukt de robot in zijn tred woede en ergernis, hij wil zo snel mogelijk vooruit en daarbij raken zijn heftig bewegende benen in een malle relatie tot de vorstelijke groteskheid van het stijve bouwsel dat ze voorwaarts dragen. Zeven minuten lang, zegge en schrijve zeven minuten had de vader fatsoenlijk op het marktplein mogen schrijden en zijn in maandenlange minutieuze thuisarbeid vervaardigde geknutsel aan den volke tonen, zijn fantasievolle aanklacht tegen techniek, rationalisatie en automatisering. Weliswaar zit het geweldige bouwsel vast aan zijn lichaam, maar het verplicht de drager eigenlijk tot een plechtstatige gang, als op een gekostumeerd feest. Nu lijkt het of een standbeeld of een monument zich uit de voeten maakt. De aanklacht klappert en wankelt, de robot verliest zijn bittere waardigheid onder de kleingeestige, ontstemde passen die de motor ervan vormen.

Het kind is intussen niet mismoedig meer. Het zwijgt nog wel, maar haar blik is niet meer naar binnen gericht, hij dwaalt rond, kijkt ook achterom, alles in de door haar vader bepaalde en onder voortdurend gemopper afgedwongen haast. Ze verweert zich niet met geblèr of tranen, maar schermt haar eigen kinderlijke gevoelens ervoor af. Alleen haar gezicht is nog steeds verbouwereerd en levenloos. Wat haar vader in zijn opwinding niet merkt is dat ze eenvoudig nog te klein is om het zware verwijt werkelijk in zich op te nemen: je hebt de belangrijkste dag van het jaar voor me bedorven, het feest... al mijn werk, al mijn voorpret – voor niets! Een vrouw zou hem antwoorden: met je niets ontziende grofheid, je grenzeloze egoïsme ben je in staat je belachelijke optocht belangrijker te vinden dan mijn pijn, dan de ziekte die mij kwelt!

Maar het meisje zou zich nooit op die manier verweren – ze zou in zichzelf niet eens het begin van een vijandig gevoel kunnen ontwaren dat nu eenmaal voor ruzie nodig is. En toch doet ze haar kinderrecht gelden tegenover de arrogantie van haar vader, zwijgend, met bijna uitdrukkingsloos gezicht, niet licht of zwaar van hart, maar eenvoudig door niet te volharden en opeens iets anders te voelen. Ze lopen nu over een uitgestorven trottoir in de richting van de oostelijke stadspoort. Omdat de binnenstad vandaag voor autoverkeer is afgesloten hadden ze rustig op de rijbaan onder de poort door kunnen lopen. Het meisje had bedeesd aan haar vaders hand getrokken, maar nors hield hij haar op het trottoir. Het plein dat ze vervolgens oversteken lijkt eveneens uitgestorven. Alle inwoners hebben zich voor het stadhuis verzameld, de optocht is in volle gang. De robot en het kleine meisje keren moederziel alleen terug naar huis. Bovendien moet ze zich erg beheersen om niet te lachen en te huppelen. Het beroerde gevoel in haar maag is verdwenen, ze zou nu de hele dag plezier kunnen maken met haar vader. Maar dat durft ze niet te zeggen, ze durft hem niet te vragen terug te gaan naar de optocht. Haar stappen zijn nu veel lichter, kwebbeliger dan daarvoor – alleen haar vaders hand houdt haar nog steeds even stevig vast. Nu zijn ze bijna thuis, hij heeft de dag voor zichzelf al afgesloten. Wat zou ze niet te horen krijgen als ze bekende dat haar klachten allang verdwenen zijn! Maar bij een kind is alles nu eenmaal snel voorbij. En het kind zou precies op dit moment gelukkig en onbezwaard zijn, haar vader omhelzen en met hem besluiten dat alles weer in orde is... Maar de grote robot kent alleen de voortdurende ergernis. Het kleine meisje weet het al: bij volwassenen duurt alles oneindig veel langer, ze bijten zich vast in hun gevoelens en hun stemmingen. Bijna zei ze het toch: 'Ik voel me weer prima!' Maar toen voelde ze weer de woede in haar vaders klemmende hand en durfde niet. Nu had ze zelf een reden om boos te zijn, en haar voeten begonnen opeens humeurig, beledigd te sloffen.

'Alles is in het honderd gelopen,' riep de vader thuis, toen hij de achtertuin inkwam en de moeder naar buiten liep om zijn kostuum los te gespen, zijn bittere, kunstige aanklacht tegen de techniek waarvan de werkende mens het slachtoffer wordt. 'Met dat wicht is het niets gedaan. Dit is de laatste keer, kind, dat ik de moeite neem iets leuks met je te doen. Knoop dat in je oren!' ... Betrouwbare gevoelens die duurzaam zijn. Pas nu barst het meisje in tranen uit, nu haar moeder haar in bescherming neemt en tot niet meer dan een milde berisping bereid is.

*

'Ik heb niet veel succes met mijn cadeau.' Deze keer had ze van allerlei stukjes plexiglas en chroomstrip een labyrint met lichtjes in elkaar geknutseld. Hoewel haar vaardige vingers er veel zorg aan hadden besteed, was het uiteindelijk toch niet erg geslaagd geworden en het zag er niet leuk uit. Het stelde te hoge eisen aan de fantasie van het vierjarige jongetje. Na de aanvankelijke verrassing keek hij er niet meer naar om en was druk bezig met zijn nieuwe plastic dragline en de raceauto met afstandsbediening. Hilla's zuster had zich nooit gemakkelijk van cadeaus afgemaakt en toch bleef ze een onfortuinlijke gever. Het moest altijd iets verfijnds, iets bijzonders zijn, en met verbitterde ambitie streefde ze haar eigen idee na zonder rekening te houden met degene die er gelukkig mee gemaakt moest worden.

Ze was diep gekrenkt als de vreugde niet spontaan geuit werd en haar cadeau niet de passende aandacht kreeg. Ze zag nu haar transparante labyrint, de kunstige handenarbeid van haar vrije avonden, terzijde staan terwijl de jongen zijn protserige dragline voortduwde en legosteentjes van het kleed schepte. Ze kon niet nalaten het kind laatdunkend gade te slaan. Door haar geschenk te versmaden had het, onverbiddelijk en vanuit de meest elementaire fundamenten van het ruilen en geven, macht over haar gekregen. Ondanks het feit dat het kind jong, klein en onschuldig was speelde het 'een spelletje met haar', het deed haar kleingeestiger en zwaarmoediger lijken dan haar gevoel van eigenwaarde toeliet. Ze dacht: als ik een kind had, zou *mijn* kind met vier jaar vast en zeker intelligent genoeg zijn om ontvankelijk te zijn voor dit verfijnde bouwwerk en het raadsel van zijn plattegrond. Het zoontje van haar zuster Hilla scheen haar onnozel en middelmatig. Ja, in haar bevreemding waagde ze zich zelfs af te vragen of een dergelijk wezen eigenlijk wel in staat was te beseffen hoezeer het iemand gekwetst en beledigd had die hem na stond en liefdevol en opofferend toegenegen was. Hij ging volkomen op in zijn spel op de vloer, zonder zijn tante zelfs maar op te merken. Twee vriendjes die uit de kamer ernaast kwamen werd het speelgoed uit handen gerukt. Wat onhebbelijk! Ze vond hem een ongemanierde zonderling, geen wonder dat niemand met hem wilde spelen, zelfs op zijn verjaardag niet. Hoe kon een wezen dat zo in zichzelf opging iets van andermans ongeluk begrijpen? Maar dan had ze weer de indruk dat hij haar toch heimelijk bestudeerde, omdat hij halsstarrig bij haar in de buurt bleef en geen ander gezelschap zocht... Als voedde hij zich aan haar wond: haar hatelijke waarnemingen van zijn doen en laten. Eiste hij niet, in zijn afgewende koppige bij-haar-blijven, dat ze zich schaamde voor haar egoïstische veroordeling van een gezond, onbekommerd kind dat zich alleen volgens de wet van zijn humeur gedroeg?

Ze kwam tot de slotsom dat hij een etter was, iemand die bij machte was haar geleidelijk aan steeds dieper het onrecht in te drijven. Maar ook had ze spijt dat ze in het begin niet verzoenlijker had gereageerd en het kleintje niet had geholpen haar cadeau te begrijpen, het niet door verhalen en voorbeelden toegankelijker voor hem had gemaakt. Ze ergerde zich aan haar eigen geremdheid, het gebrek aan spontaniteit en grootmoedigheid waarvan dit kind haar weer eens had overtuigd. En ze schaamde zich nu voor de begerige verwachting, ja de obscene opwinding, waarmee ze uitsluitend het uitpakken en onthullen van het labyrint had gadegeslagen zonder ook maar een ogenblik op het gezicht van het jongetje, de ontvanger van het geschenk, te letten. Dat dat verdomde jong er steeds weer in slaagde haar op haar laagste driften terug te werpen, haar daaraan te kluisteren en wanhopig te maken!

Zijn naam had ze al nooit graag uitgesproken: Ansgar. Die naam leek zo ontoegankelijk, niet geschikt om de weg naar een kind te openen. En bovendien had ze uit de tijd bij het omroepkoor de slechtst denkbare herinneringen aan een Ansgar. Misschien kon een kind dat ze nooit ongedwongen bij zijn naam had genoemd niet anders dan gesloten en ontoegankelijk blijven. Eigenlijk piekerde ze steeds over de vraag wie van beiden, zij of het kind, de eerste pijl van afkeer op de ander had afgeschoten.

Maar niettemin! Wat gedroeg hij zich 'agressief' in zijn spel! Onmiddellijk moesten de blokken van een ander afgepakt, direct moest een verkeerd onderdeel in een hoek gesmeten worden. Opeens viel ze tegen hem uit en sloeg met haar vlakke hand op de cadeautafel: 'Hou op! Ga behoorlijk om met je spullen!'... Ze schrok. Haar toon was te schril uitgevallen. Zo had ze graag tegen een man geschreeuwd.

Het kind keek haar niet eens aan. Hij luisterde niet naar haar. Haar hoofd zonk op haar borst. Ze spreidde de vijf vingers van haar rechterhand die naast het likeurglas plat op het tafelkleed lag. Ansgar had geen kinderlijk gezicht. Die schrikwekkend ouwelijke trekken, dat uitgesprokene en mannetjesachtige in miniatuur in dit kind had altijd al haar afkeer gewekt. Hij was als een pop van een blonde, onervaren melkmuil van een leraar, met slap haar dat al dun wordt. In elk geval waren het niet de trekken van zijn vader. Diens gezicht maakte een veel wisselender en onbepaalder indruk. De jongen aardde meer naar zijn moeder, het al vroeg tot masker verstarde gezicht, het nietszeggende smoeltje van haar jongere zuster die zich voor de spiegel opmaakte kwam haar steeds als ze het jongetje aankeek voor de geest.

Ze was in haar eentje bij de koffiekopjes blijven zitten. Achter haar lag de kinderkamer waar Thomas en Hilla nu voor de kleine verjaardagsgasten een poppenkastvoorstelling gaven. De jarige kon het gebodene niet bekoren en hij had twee jongens meegetrokken om in de woonkamer ongestoord zijn rabauwenkracht met hen te meten... tot de twee anderen zich weer losrukten en hij alleen met haar in de kamer achterbleef.

Maar hij is helemaal niet zo! dacht ze plotseling, half verheugd en half geschrokken. Een toevallige blik van de jongen, een korte, open, vriendelijke blik die haar alleen vluchtig beroerde was voldoende geweest om haar een gevoel van verlossing, van diep geroerde dankbaarheid te geven... Hij is lief! Ik ben degene die niets dan gemeenheid, kleinzieligheid en lelijkheid in hem ontwaart. Met mijn onvrije gedachten, mijn wantrouwende, gekrenkte gevoelens, met mijn hele in het kwaad verharde aard bederf ik hem voor mezelf!... Het jongetje kwam naar de tafel waar ze zat en vroeg met charmante bezorgdheid: 'Waarom zit je hier zo alleen? Waarom gaan we niet samen spelen?' Ze keek hem aan en raakte betoverd door zijn ronde bruine ogen, zijn aandoenlijk halfopen lipjes. Ze probeerde te glimlachen en een vaste toon van onwankelbare genegenheid te treffen. Maar vreemd genoeg zei ze: 'Waarom kijk je niet naar de poppenkast?' Antwoordde dus niet, maar parodieerde hem met een tegenvraag en aapte hem zelfs in haar toon een beetje na. Het jongetje keek weg en deelde met een recalcitrant, maar gegeneerd glimlachje mee: 'Heb ik geen zin in.'

Ansgar had gewoon te veel speelgoed, hij was verwend. De goede gevers, zo verweet ze de anderen, overlaadden hem met voorwerpen die getuigden van slechte smaak, van goedkoop materiaal waren gemaakt en geen enkele educatieve invloed hadden op de platvloerse schoonheidsideeën en begeerten van een vierjarige. Door deze overwegingen kon ze zichzelf overwinnen en met een ruk haar verzegelde hart opengooien: 'Kom, zullen we even met het labyrint spelen?'

'Wat voor labint? Waar?'

Haar vuur was hiertegen opgewassen want het doofde niet onmiddellijk weer, stelde ze dankbaar vast. Ongegeneerd wees ze op haar eigen cadeau dat op de cadeautafel naast de kledingspullen en het tekenblok, dus in het domein van de nuttige, niet begeerde zaken was beland. Ze pakte zijn hand en wees hem het transparante doolhofbouwsel van plexiglas en spiegelende chroomplaatjes dat als designobject niet had misstaan in een juweliersetalage. Ze had twee figuurtjes van dennenhout gemaakt, een jongen en een meisje (of een man en een vrouw) die in het labyrint verdwaald waren, zoals ze hem uitlegde, en elkaar wilden terugvinden.

Ze vertelde ook het verhaal van Ariadne, Theseus en de stier, het verhaal van de rode draad (ze legde inderdaad de nadruk op de 'rode' draad) en zei dat hij nu maar eens moest proberen om de twee figuurtjes zo door de in elkaar verwikkelde gangetjes te schuiven dat ze elkaar óf ergens tegenkwamen óf na elkaar de uitgang vonden (beide leken haar gelijkwaardige oplossingen).

'Waar is de stier?' vroeg Ansgar. Ze had geen stier gemaakt. Haar bouwwerk moest niet de onderaardse krochten van Knossos voorstellen, maar was een eigen vinding met blinde deuren en spiegelvallen. Maar hij wilde een stier. Hij haalde een buffel met gedraaide hoorns uit zijn plastic dierentuin en zette die in het smalle gangetje waar het jongenspoppetje stond. Hij deed het woedende gesnuif van de stier na en liet het beest op het houten figuurtje afstormen. 'Hij neemt hem op de hoorns, hij neemt hem op de hoorns!' schreeuwde Ansgar en brak de armen en benen van het poppetje af. Hij stond op het punt hetzelfde met de vrouwelijke pendant te doen, toen Carmen tegen hem begon uit te varen. Op wonderbaarlijk vaste en onverbiddelijke toon uitte ze haar afschuw. Thomas en zijn vrouw riepen de 'jarige' vanuit de kamer ernaast en Ansgar maakte zich snel uit de voeten, voor Carmen hem te pakken kon krijgen, door elkaar rammelen en met een draai om zijn oren straffen voor zijn vernielzucht.

Een draai om zijn oren zou haar ongetwijfeld voor altijd van deze kobold hebben verlost – het charmante kind en zijn zwaarmoedig-schone tante zouden elkaar voor het eerst verwonderd recht in de ogen hebben gekeken.

Carmen ging weer aan tafel zitten en nipte met trillende hand van haar amandellikeur. Mijn god, wat heeft dat rotjong met me gedaan! Hoe ver wil hij me laten gaan? Hij drijft me tot de slechtste gevoelens die een vrouw ooit jegens een kind heeft gekoesterd.. ja, erger nog: met zijn dwergengetreiter kan hij een vrouw die zelf kinderloos is gebleven zo laatdunkend behandelen dat ze zich daadwerkelijk onwaardig, zwak en abnormaal voelt. Wat is er eigenlijk niet verkeerd aan mij als ik mezelf door de ogen van mijn neefje zie? Wat is er niet links aan mij, behalve deze twee handen die kunnen werken en knutselen?

In de week na Ansgars verjaardag kreeg ze zowaar zelfs tweemaal haar zwager op bezoek, die ze anders maar sporadisch en altijd samen met haar zuster Hilla zag. Daarnaast hadden ze een paar keer op professioneel vlak contact gehad, toen de vormgeving van openbare ruimten aan de orde was en zij als tuinarchitecte zich had moeten verstaan met het waterschap waarbij Thomas werkte. Hoe het ook zij, ze had het prettig gevonden hem alleen te zien, hij leek haar vrolijker en opener dan thuis bij zijn gezin.

Wat hem er eigenlijk toe bracht 's avonds na kantoor onaangekondigd in haar flat te verschijnen was haar niet onmiddellijk duidelijk. Hij meldde, op wat verstrooide toon, dat hij haar iets wilde vragen dat bepaald en onbepaald tegelijk was, zoals hij het uitdrukte. Aan het begin van het gesprek vermoedde ze dat hij iets speciaals over haar zuster wilde horen, over hun kinder- of jeugdjaren misschien, dat hij wellicht op zoek was naar de oorzaak van een bepaald gedrag of wangedrag van Hilla dat hem voor raadsels stelde. Maar in fcite informeerde hij nauwelijks naar iets bepaalds en vroeg niet veel maar betoogde, aanvankelijk bedekt en later steeds vrijmoediger, over de 'kleine eigenaardigheden' van zijn vrouw die hem nu eens buitengewoon bevielen, dan weer juist bevreemdden. Tegenover Carmen beschreef hij haar geobsedeerd en afstandelijk, als had hij een interessante onbekende ontmoet die hij al pratend stap voor stap voor zichzelf ontdekte, zodat Carmen de indruk kreeg dat ze haar leven lang haar eigen zuster alleen in grove en misleidende contouren had waargenomen. Tegelijkertijd vroeg ze zich af hoe Thomas in dit voorwerp van zijn onbehoorlijke observaties eigenlijk nog zijn vrouw kon herkennen. Ook bleef het haar onduidelijk of ze nu plotseling, zonder eigen verlangen of toedoen, getuige was geworden van het ritueel van een bijzonder heftige hartstocht of juist een uitbarsting van liefdeloosheid. Met de nauwkeurigheid van een determinerende botanicus onderscheidde hij de veelsoortige en onuitgesproken gewaarwordingen die hij ervoer als hij met Hilla samen was. Tegenstrijdig en nauw verweven als ze waren, lieten ze zich eigenlijk tegenover niemand onder woorden brengen, en zeker niet tegenover de levenspartner zelf. Carmen leende hem echter een willig oor. Hoewel dit grenzeloos invertrouwen-genomen-worden haar verwarde en ze zich er aanvankelijk tegen verzette. Maar later verweerde ze zich niet meer, ze liet zich gaan, het wond haar op naar hem te luisteren en ten slotte deed ze het met steeds grotere wellust. En haar zwager Thomas wist haar dubieuze aandacht nog meer te boeien door tussenvoegsels als: 'Ik hoop dat je het niet erg vindt als ik je zeg...'

of: 'Je moet het vooral zeggen als wat ik nu vertel je te ver gaat...' Hij slaagde erin haar vriendelijk en onrustig toehoren te ontluisteren tot naakte, schaamteloze nieuwsgierigheid.

'Na een geslaagd veertienjarig huwelijk, waarin echtelijke trouw een soevereine greep op ons heeft gekregen en Hilla is uitgegroeid tot een trotse, rijpe vrouw, rest mij nog maar één probleem, Carmen, namelijk dat deel van haar wezen vernietigen dat haar ooit de onwaardige geliefde liet zijn van andere mannen die er voor mij waren... Een ander heeft haar ooit gehaat, vernederd en steeds weer de grond in getrapt. Weet jij eigenlijk wie dat was?'

Ze schrok en dacht dat ze nu iets moest zeggen, maar natuurlijk had hij zelf een passend antwoord.

'Waar in haar is een laatste spoor te vinden van die kwaadaardigheid die haar toen ten deel is gevallen? Waar verbergt ze datgene wat die man eens in haar vervloekte en onuitstaanbaar of weerzinwekkend vond? Is het mogelijk ooit zo te zijn veracht en daar zonder enig litteken van af te komen? Nee! Ze draagt het nog in zich, ergens ligt het bedolven, dat deel van haar wezen dat haar de onwaardige geliefde deed zijn... Hoe langer het duurt, hoe minder ik ertegen opgewassen ben dat ze in een ver verleden de willoze pop, de lijfeigene, de slavin van een uit de goot opgeraapt zogenaamd genie is geweest. Ik zou er daarentegen geen enkele moeite mee hebben, nee, het zou me zelfs heimelijk voldoening geven als zij het was geweest die met een nietsnut heeft gespeeld, op een schandalige manier met zijn liefde was omgesprongen. Maar andersom... en helaas is het andersom geweest. Ik heb het zelf moeten aanzien, het toeval wilde dat ik mijn vrouw voor het eerst zag toen ze door een ander werd mishandeld. Een paar jaar voor we elkaar leerden kennen was ik toevallig getuige van haar grenzeloze onderwerpingszucht aan die schurftige bastaard van een kunstenaar in wiens armen ze zich had gestort, maar die haar niet wilde hebben en haar in zijn dronken drift dwars door het café slingerde. Een beest, tegen wie ze met bloedende mond opkeek als tegen een halfgod en naar wie ze steeds weer terugkroop om zich aan zijn benen vast te klampen... O, had ik het maar nooit gezien! Was ik maar nooit getuige geweest van die vernedering, haar ergste! Natuurlijk, de macht van die schoft heb ik allang gebroken. Ik ben ervan overtuigd dat ze op het moment nauwelijks nog een herinnering aan hem bewaart, maar dat deel van haar wezen, Carmen, dat gruwelijke kantje dat die lallende, obscene kruiperigheid mogelijk maakte, zit nog steeds in haar, leeft met ons mee al is het nog zo handig verborgen, en ik zal mijn leven lang jaloers zijn op die woesteling die ze aanbad en die in de uren en dagen dat ze zijn onbeminde creatuur was een veel en veel grotere macht over haar had dan ik in de veertien jaar van onze geordende en verantwoorde relatie ooit heb gehad!... Jaren waarin we onverwisselbaar en onmisbaar voor elkaar zijn geworden, iets unieks en individueels... en toch, Carmen – ik weet niet of je me zo ver kunt volgen – drie, vier aanrakingen bij het liefdesspel die haar hand uit de dagen van vroegere liefde heeft bewaard... en hoe ik er steeds weer van gruw als haar lange nagels, haar tedere klauw over mijn rug en dijbenen gaat... niets dan kleine, veel te onpersoonlijke tederheden die ze al in onze relatie meebracht en waarvan ik, in die verschrikkelijke seconden, alleen merk dat ze een ander, ja *die* ander, ooit dezelfde stimulans gaven!'

Carmen bleef bij deze bekentenissen die haar zwaar op

de maag lagen geen andere keuze dan zich over te geven aan een grote illusie. Ze wist zichzelf ervan te overtuigen dat haar zwager een diepere, uiterst geremde genegenheid voor haar had opgevat en dat deze wijdlopige openingen, deze echtbrekersbetogen in laatste instantie alleen bedoeld waren om een overmatige vertrouwelijkheid tussen hen te creëren die vervolgens eenvoudig en traploos in daadwerkclijke echtbreuk zou overgaan. Ja, er zou tussen hen een verhouding ontstaan, daar twijfelde ze nu niet meer aan, en van nu af aan zou ze bij alles op haar hoede moeten zijn. Ze moest handig en voorzichtig te werk gaan, maar tegelijkertijd ook zonder bedenkingen gereed zijn voor deze man, van wie ze weliswaar niet hield, maar die nu eenmaal aan de oeroude zusterlijke vete had geraakt, zodat ze hem beslist enige tijd aan zich wilde binden.

Op zekere avond leek alles voor de overgang gereed. Hij had haar voor het eerst mee uit eten genomen en bracht haar daarna naar huis, waar zij koffie voor hem zou zetten. Alsof ze niet al ettelijke keren samen onder de kerstboom hadden gezongen!... Toen hij twee treden voor haar de trap opliep, zag ze dat hij helaas al 'perfect' gekleed was, dat hij een duidelijke eigen stijl had, dat het moeilijk zou worden kleine cadeautjes voor hem te bedenken. Nooit zou iets hem bevallen – niets van wat ze hem in het geheim gaf zou hij mooi vinden. Wat voor 'concept' zou ze hebben kunnen ontwikkelen voor een man die zijn verschijning volstrekt onder controle had en haar de kans niet gunde daar iets naar eigen smaak aan toe te voegen, hem te beïnvloeden, hem geleidelijk aan uit te rusten? Wat voor voorstelling had ze eigenlijk van hem? En wat was die waard in vergelijking met de manier waarop hij zichzelf zag?...

'Wat gaan we nu doen, lieve vriendin?' verzuchtte Thomas onhandig en draaide zich op de trap naar haar om. Ze glimlachte omdat zijn glimlach op haar was gevallen. Ze beschouwde het als een teken van gespeelde, verliefde bevreemding dat hij haar 'vriendin' had genoemd. Hij daarentegen had alleen maar licht ironisch willen aangeven dat hij het jammer vond dat het in de komende uren onvermijdelijk om hetzelfde zou gaan als de voorgaande keren. Maar een kleine haastige verspreking, een zekere wisselwerking tussen hen had de toon die hij wilde treffen zodanig vervormd dat *zij* hem wel verkeerd begrijpen *moest* en hij niet anders kon dan haar verwachtingen opschroeven. Terwijl hij op hetzelfde moment had besloten deze vrouw heel onzacht uit de droom te helpen.

Het duurde een paar weken voor Carmen begreep van welke emotionele intrige ze het slachtoffer was geworden. Sinds ze zich hulde in de volmaakte illusie dat ze 'traploos' van vertrouwelinge in geliefde van haar zwager zou overgaan, zocht ze naar het precieze punt dat de verleiding een aanvang had genomen. Het einde van de begoocheling liet zich daarentegen nauwkeurig bepalen. Het was een zin die Hilla en passant tegen haar had gezegd en die ze niet begreep. Hij maalde zo lang door haar hoofd dat haar eindelijk de schellen van de ogen vielen... Niet lang na de geheime indiscrete bezoeken die Thomas haar had gebracht nodigde Hilla haar onverwacht uit asperges te komen eten. Bij het afscheid had Hilla, terwijl Thomas het kind naar bed bracht, bij de kapstok haar bezorgdheid geuit over de onrust van haar man, althans zo klonk het Carmen in de oren toen haar zuster en passant op bijna onheilspellende toon zei: 'Ik hoop maar dat hij niet in mijn armen bezwijkt...'

Voor Carmen was het een moeilijke avond geweest. Haar zwager die haar nog maar een paar dagen tevoren deelgenoot had gemaakt van zijn meest subtiele problemen, behandelde haar opeens laatdunkend en arrogant. Wat ze aan tafel ook te berde bracht, hij maakte haar belachelijk, viel haar in de rede en wees haar herhaaldelijk onverdiend terecht. Het duurde enige tijd voor haar plotseling duidelijk werd waarom Thomas haar voortdurend kapittelde: hij wilde zonder twijfel voorkomen dat ze met haar al te lichtvoetige en ongewoon opgewekte spraakzaamheid verdenkingen bij Hilla zou wekken. Dus hield ze zich onmiddellijk in. Maar hij berispte haar ook als ze zweeg. Omdat ze echter op dat moment nog helemaal in zijn ban was, maakte zijn onaangename gedrag haar hulpeloos en aanhankelijk. Bij wijze van troost hield ze zichzelf voor dat zijn grofheid slechts voorgewend was en alleen diende om hun geheime vertrouwelijkheid te verdoezelen. Niettemin voelde ze zich behandeld of hun beider geschiedenis of verhouding al jaren achter de rug was en bij hem, de vroegere geliefde, een bittere nasmaak had achtergelaten, terwijl zij er met warme, dankbare gevoelens aan terugdacht.

Zoals je in een vreemd huis in het donker naar het lichtknopje tast, zo zocht ze naar een besmuikte wenk, een geheime liefdesboodschap in de schampere blikken en woorden van haar zwager. En alles speelde zich af in het bijzijn van die opmerkelijk stille, loerende Ansgar, die jongen die als een boosaardig meetapparaat aan tafel zat en elk onderhuids gebeuren, zweven en zwenken leek te registreren. Ja, als Carmen hem aankeek dacht ze in het hart van het kind de geheime overslagplaats van alle onoprechtheid, van alle gevoels- en gewetenscontrabande te zien die de drie volwassenen onder elkaar verhandelden.

Wat haar evenwel meer aangreep dan de onbeleefdheid van haar zwager was het feit dat deze zich ongewoon liefdevol en attent tegenover zijn vrouw betoonde, als was tussen hen een nieuwe toenadering ontstaan. Hilla zelf was daar echter nauwelijks van onder de indruk; zo te zien was ze eigenlijk niet veranderd en gedroeg zich gereserveerd en stug. Ze was zoals altijd – vroeger zonder hart en nu nog. En er was een vroeger en een nu, dat merkte Carmen maar al te duidelijk. Maar wat was er gebeurd? Hoe noodzakelijk was het nu geweest dit alles alleen met Thomas in haar kamer te bespreken – dan had het zich zeker laten verklaren! Maar hij kwam niet meer bij haar.

De begeerte van de verrader was allang verzadigd. Hij had haar – voor altijd – ingewijd in zijn diepste twijfels. Nu deze uitspatting was verklonken en verschaald verachtte hij niemand meer dan de vrouw voor wie hij zijn diepste innerlijk obsessief had blootgelegd. Deze boosaardige affaire tussen haar oor en zijn mond had blijkbaar een zuiverende uitwerking op hem gehad. Nu voelde hij alleen nog walging voor Carmens nog steeds begerige, tolerante, alles verslindende oor...

Wat was het haar nu bitter en ellendig te moede! En dat moest juist haar overkomen, terwijl zij haar hele leven de overtuiging was toegedaan dat het innerlijk zwaartepunt van de mens werd gevormd door een grote mate van verzwijgen, taboe en onaanraakbaarheid. Dat innerlijke gewicht had Thomas niet meer. Hij was nerveus, verstrooid – hij zou nooit hartstochtelijk en edelmoedig handelen. Zijn sluwe overmaat aan vertrouwelijkheid had de plaats ingenomen van echte hartstocht en was een gevolg van de geldingsdrang die hij in zijn beroep noch in zijn vriendenkring kon botvieren. Hij moest zijn hart openen – om een arme verwante, niet eens een fiere vreemdelinge, in een hinderlaag te lokken met zijn oprechtheidspropaganda.

Ja, ze was bereid geweest haar zuster met *deze man* te bedriegen. Haar kille, harteloze zuster die *deze man* alleen al niet verdiende omdat een harteloos mens niet een ander behoorde te misbruiken om zijn harteloosheid mee te voeden. Nee, ze schaamde zich ook achteraf niet dat ze tot bedrog bereid was geweest. Alleen die ene vraag kon ze niet oplossen: waarom was het er uiteindelijk niet van gekomen? Waarom was het er op een bepaald moment niet 'helemaal vanzelf' van gekomen? Wat had ertoe geleid dat het onvermijdelijke zich op het laatste moment van haar had afgewend?

Die avond zat ze tegen hem aan gevlijd op de mosgroene leren bank. Ze staarde voor zich uit en dacht dat het het volgende ogenblik zou gebeuren. Maar ze durfde niet als eerste haar hand op zijn onderarm te leggen – ze wilde uiteindelijk toch niet degene zijn die het initiatief had genomen. Maar blijkbaar schrok ook hij op dat moment terug voor het belachelijk kleine gebaar – hoewel innerlijk alles al was gebeurd, alleen nog niet het geluk het met huid en haar te ervaren...

En zo liet ze in haar geheugen minuut na minuut de revue passeren en ontwierp ten slotte een voorstelling van de hele zaak waarin maar één minieme fout overbleef – zonder hem zou alles goed zijn gegaan.

\*

Gisteren, op de berg Randa. De stenen pleinen voor het klooster waren al leeg, de bussen vertrokken en achter de gesloten luiken oefende een gemengd koor. Af en toe kwam iemand het café uit en ging naar de put of naar het souvenirwinkeltje dat nog open was. Ik zat in de schaduw onder de steeneik. Ver weg in de Baai van Palma lagen twee marinekruisers voor anker; ze leken twee donkere barken in de nevelige lichtplas die de late zon uitgoot over de zee. Ik zag hoe mijn vrouw met haar hand boven haar ogen in de verte blikte. Ik zag hoe mijn zoontje in de luchtige stilte vrolijk ronddartelde. Het woord *tevredenheid* vormde zich, breidde zich uit, verhief zich boven alle andere en legde hun het zwijgen op.

Het strakke witte truitje zat als aangegoten in de brede ceintuur en de plukjes zacht nekhaar die niet waren opgestoken vlamden op in de wind... Alles zoals vroeger.

Het was of uit alle windstreken snippers en flarden terugkeerden om zich weer samen te voegen tot die *ene* schoonheid en voor een ogenblik haar fragmentatie ongedaan maakten. Zo ademen de delen en het Ene. De schoonheid, uitgezwermd in myriaden toevallige gebeurtenissen, blikken, gebaren en woorden, verzamelde zich in de rug van een vrouw die uitkeek over de wijde vlakte.

Ze was nog steeds een jonge vrouw. De geboorte van de jongen had nauwelijks sporen nagelaten in haar slanke gestalte die ik eens niet had willen omhelzen. In deze minuten besefte ik dat ik de gelukkigste beslissing van mijn leven had genomen, toen ik me jaren geleden op de mindergeliefde richtte om me te onttrekken aan de kwellingen die mijn eniggeliefde me deed ondergaan en me zo op haar te wreken.

Dankbaar en met vredige verrassing accepteerde ik dat de vrouw die nooit mijn uitverkorene was geweest doch destijds uit nood en verwarring was genomen, met betoverende onverzettelijkheid de aanvankelijke tegenspoed had weten om te zetten in een duurzaam gelukkig toeval. Al lang had ik haar graag willen zeggen wat ik *nu* voor haar voelde. Ik wilde zelfs een klein essay voor haar schrijven over de plechtige tevredenheid die me in die minuten op de berg Randa ten deel was gevallen. Maar ik zou daarmee alleen haar verwondering wekken. Ze had op het begin en het verloop van ons gezamenlijke leven, op onze geschiedenis, een principieel andere visie dan ik. Ze was er heilig van overtuigd dat *zij* aanvankelijk degene was geweest die niet wilde, degene die pas na hardnekkig aandringen en werven van mijn kant bereid was geweest toe te geven – en destijds eigenlijk alleen een vluchtig avontuurtje had voorzien. Ze vervalste de episoden van onze geschiedenis of had er een verkeerd beeld van, zowel wat het eerste begin als wat de voor mij veel belangrijker recente tijd na de geboorte van het kind betrof.

Volgens haar was mijn hartstochtelijke genegenheid met de jaren verflauwd, had ik ingeboet aan hoffelijkheid en fijngevoeligheid – exact het tegendeel van wat ik voelde, namelijk dat ik haar met zekerheid nooit inniger had omhelsd dan nu, en wel met een begeerte die aan een natuurlijke groei gehoorzaamde en vanzelfsprekend strookte met de *mogelijkheden* tussen ons beiden, een begeerte die niet het onmogelijke najaagde zoals die welke me destijds aan die ander, die genadeloze, had gekluisterd. Deze gezonde, laatbloeiende ontwikkeling van mijn liefde wilde ze gewoon niet onderkennen. Hoewel ik haar anders nooit gebrek aan speurzin en inzicht kon verwijten, hield ze nu hardnekkig vast aan de troosteloze clichés van de aftakeling die geen levensstaat, en zeker de huwelijkse niet, bespaard zou blijven.

Zeker, ik had haar nooit helemaal opgebiecht hoe weinig ze in het begin voor me had betekend en wat voor schraal surrogaat, wat voor infaam middel tot een heimelijk doel – die ander het bloed onder de nagels vandaan halen – ze was geweest. In elk geval zou ik nu met mijn essay over de hogere tevredenheid op bot onbegrip stuiten. Natuurlijk kende ook zij tevredenheid, maar die onderscheidde zich van de mijne doordat ze vooral matiging en vermindering van emotionele eisen inhield en niet de vredige inwilliging ervan, de goedheid van het leven. Over het begrip tevredenheid zouden we evenmin tot overeenstemming kunnen komen als over het ontstaan en de bloei van onze liefde, waarvan de definitieve kroniek nooit tot stand zou komen.

Maar in die stille minuten op de kloosterberg ontkende ik zelfs dat in het persoonlijke leven van de mens plaats is voor zoiets als geschiedenis. De ontmoeting, zegt Martin Buber, vindt niet in ruimte en tijd plaats, maar ruimte en tijd vinden plaats in de ontmoeting... Ik geloof in het sterrengewelf van het verleden boven ons. Wat ieder van ons als zijn tijd van leven ervaart is wellicht niet meer dan een kortstondig vuurwerk van vallende sterren in het kielzog van een komeet die allang voorbij is getrokken, een hagel van meteorieten die in de atmosfeer van ons bewustzijn verbrandt en in onze 'tijdrekening' wordt opgenomen. Alleen ons geheugen, dat onvermoeibaar van tevoren en achteraf ordenend bezig is, vormt uit de brij van de volheid die bedrieglijk dunne, uitgerekte lijn die we de naam 'geschiedenis' geven.

Maar ook hiervan kon ik de vrouw wier schone, onuitputtelijke aanwezigheid mij deze gedachten ingaf geen deelgenoot maken, ze zouden op onbegrip en afwijzing zijn gestuit. Zij zat nu eenmaal gevangen in de verblinding dat haar leven alleen als geschiedenis te ervaren was, met hoogte- en dieptepunten, met keerpunten en crises en al die verouderde parafernalia die ik in mijn denken niet meer kon gebruiken.

Ik keek naar de vrijstaande figuur van de vrouw die aan de rand van het plateau uitkeek over de vlakte. Ze vermoedde niet waarom ik haar naar de kloosterberg van Ramón Llull had meegenomen. Ik had haar graag iets over zijn geleerde kunst verteld, in het bijzonder over het traktaat over het zekere geheugen. Maar ik wist dat ze daar geen gevoel voor had. In tegenstelling tot de genadeloze was ze nooit op het idee gekomen iets te bewonderen dat ze niet begreep.

Ik herinner me niet of ik destijds ten minste het fatsoen had gehad uit te stappen en het portier voor haar open te houden toen ze de voordeur uitkwam en het paadje door de voortuin vulde met haar montere, vreugdevolle tegemoet-komen, met die hooggespannen verwachtingen waarmee ze fier rechtop, als een in de wind bollend zeil, op onze eerste avonden was afgestevend. Maar ik herinner me heel precies dat ik me nooit uit de bestuurdersstoel verhief als ik haar in de vroege morgenuren weer naar huis bracht en we elkaar in de auto kusten, soms vluchtig en vriendelijk, soms – op haar instigatie – heftig en pijnlijk. Ik stapte nooit uit om haar naar de deur te brengen. Ik bleef met een zwaar hoofd over het stuur gebogen zitten en wachtte af hoe lang ze deze keer zou blijven afwachten. We keken beiden door de voorruit naar de lege straat in de vroege ochtend. Achter de raadselachtige glimlach op haar vermoeide gezicht ging een gevoel van mislukking schuil en ik probeerde haar uit te leggen dat we voorzichtig aan elkaar moesten wennen en het geen gevoelsarmoede of een andersoortig gebrek aan genegenheid was (loog ik) dat me belette de rest van de nacht bij haar door te brengen. In werkelijkheid hunkerde ik maar naar één ding: dat op de bovenste verdieping van het huis een verlicht venster zou opengaan en in dat venster de Dame Sans Merci, die enige, groen van jaloezie verscheen en alle woorden zou herroepen waarmee ze me het bos had ingestuurd. Maar helaas was ze niet op de hoogte van mijn nieuwe strategische relatie en, erger nog, was dat wel het geval geweest, dan zou die voor haar slechts een aanleiding te meer zijn geweest om me met laatdunkend commentaar op mijn laffe compromis te geselen.

Ik herinner me hoe mijn vrouw met haar vingers steeds weer tastte naar de portierkruk, een klein hefboompje dat in de bekleding van de deur verzonken was. Ze ging, en ik boog me lui, maar dolgelukkig over mijn rechterarm die op de rugleuning van de eindelijk vrije passagiersstoel lag. Ik zag hoe ze voor het tuinhek de sleutel uit haar handtas haalde en vervolgens over de tegels naar de voordeur liep. Daar draaide ze zich nog een keer om, en ik startte de auto pas nadat we elkaar een laatste maal hadden gegroet. Ja, ik was bereid het nu eens met een ongeliefde te proberen. Een rad voor ogen te draaien aan een vrouw op wie ik aanvankelijk alleen maar niets aan te merken had, maar wier verheugde tegemoet-komen me op die avonden fantastisch en ontroerend toescheen, wier kracht en helderheid in alle gevoelens en beslissingen die mij betroffen ongebruikelijk waren en me uiteindelijk in staat stelden iets van haar vreugde, haar overmoedige gevoel haar doel te hebben bereikt, naar haar terug te kaatsen. Werkelijk begerenswaardig leek ze me pas nadat ze het kind ter wereld had gebracht. Dit kind. Dit lichte, vrolijke kind dat ik bij een ongeliefde had verwekt.

Wie zou het niet als een wonder ervaren dat in zijn eigen borst zijn eigen hart, het allervreemdste, zonder enige inhoud of stilstand ononderbroken actief is, of hij nu waakt of slaapt, liefheeft of liegt, miljoenen malen klopt in de loop van een gezond bestaan van gemiddelde duur? Aan een begrensd aantal gehoorzaamt het dus. Maar dat ononderbroken actief zijn · leeft het? Geen gedachte, geen vinger, geen voet die niet van tijd tot tijd tot rust komt en moet uitrusten om bezig te kunnen zijn. Dat *ding* in die vliezen is het eigenlijke hartsgeheim, het onverstoorbare waarvan we de naam voor willekeurig welke schok in het leven gebruiken.

*

Aan de afgeruimde tafel onder de bleke lamp hing de stille man, steunend op zijn onderarmen, tussen zijn eigen schouders als een zware, natte jurk. Zijn linkerhand hield de pols van de rechter omvat. Achter zijn rug, zo hoorde hij, trof zijn vrouw de laatste toebereidselen om zich voor hem op te stellen. Ze droeg iets van zandkleurige crêpe de Chine, een losse lange blouse met breed uitlopende driekwart mouwen en een heel wijde broek, wijd genoeg voor olifantspoten. Alles ton-sur-ton, een losse, vloeiende omhulling van een recht, mager lijf dat eronder nauwelijks nog te vermoeden viel. Peper-en-zoutkleurig haar, stijve krulletjes. Aan haar voeten brede witte schoenen, Zweedse gezondheidsklompen. Ter hoogte van haar borst in haar rechterhand de rode hoed, de rode bolhoed waarmee het cijfermeisje in de revue zwaait. Het hele pak alleen maar een soepel vallen, lichte stof over een lichaam dat zich nergens verhief.

Zo trad ze voor hem. Behendig en schutterig tegelijk, deze vrouw die met gespeeld gemak vanuit de heupen neeg, een diepe buiging maakte en met klossende,
grove schoenen in de kamer tapdanste. Van haar gezicht straalde de wens haar wachtende, haar koppig
wachtende man op te vrolijken, zodat hij eindelijk van
tussen zijn schouders zou opduiken en haar zou zien.
Dus liep ze om zijn tafel heen. Tok, tok, tok. Tok, tok,
tok. Ging recht tegenover de naar het tafelblad staren-
de man op een stoel zitten. Toen schoof ze haar handen
zo onder de zijne dat deze met z'n vieren een hecht
gesloten kruisgreep vormden zoals je die bij de padvin-
ders of het Rode Kruis leert om gewonden die niet
kunnen lopen weg te dragen. Waar zijn rechterhand de
vervlochten greep sloot omvatte hij twee broodmagere
evenwijdige botjes en een spits gewrichtsknobbeltje.
Wat knokig, die ledematen! En toch sloten haar handen
of ze van ijzer waren!... Ze boog zich teder onder zijn
blik en zei: 'Wie dragen we weg, mijn lief? Wie zetten
we op onze handenstoel?'

'Waarom wil je me opmonteren? Wat kan het je sche-
len?' fluisterde de man.
'Het is tijd dat je je last kwijtraakt,' antwoordde zij.
'Ik kijk uit het raam en zolang jij me niet voor de
voeten loopt, raak ik hem geleidelijk aan kwijt, hoop
ik.'
'Misschien gaat het sneller als ik met de ronde hoed
speel?'
En ze maakte haar handen los uit de greep en trok
met een bestudeerde zwaai de rode bolhoed over haar
voorhoofd. Dat was een zo ontroerend geroutineerd
gebaar dat zelfs de ingezakte man het moest merken en
even glimlachte. Ze leunde achterover, kruiste haar

armen over haar borsten, sloeg onder de tafel de kolossale broekspijpen met de vederlichte dijbenen over elkaar en tikte met de ronde schoen ritmisch tegen zijn knieschijf.

Uit elke poging om opmonterend te werken sprak duistere, kinderlijke zorg zodat, in tegenstelling tot bij een artiest, gratie en onschuld het resultaat waren van de zuivere opzet van haar schutterige voorstelling. Haar aanblik had de gedachte kunnen oproepen aan het onvermogen van een serafijn om ook maar één geslaagde aardse grap te maken, één frivole uitdrukking aan zijn verloste, maar lichaamloze gestalte te ontworstelen.

'Goed. Het is je gelukt,' zei de man ten slotte en inderdaad verrees zijn karakteristieke forse gezicht boven zijn schouders. Zijn dikke ogen verhieven zich naar de verklede vrouw en zijn mond stroomde over van lof.

'Ja, het is je gelukt me op te vrolijken! Omdat geen moeite je te veel was, omdat je nooit moe werd, omdat je nooit de moed hebt opgegeven heb je het uiteindelijk voor elkaar gekregen. Het lijkt een wonder. Maar het enige wonder is dat je nooit de moed hebt verloren en op je eigen schutterige manier een van verre gezondene uitbeeldt die in zijn onbegrijpelijke goedheid en schoonheid tot mij komt...'

Nu kende zijn lof geen grenzen meer. Om haar te prijzen vond hij steeds nieuwe woorden en zinswendingen en herhaalde deze op steeds luider toon. Zo sprak hij ononderbroken, maar ook zonder doel of einde, eigenlijk zocht hij naar een zich eeuwig vormend, eeuwig ongrijpbaar woord, het nooit definitieve... Hij merkte niet hoe zij geleidelijk verstarde en uiteindelijk geschrokken terugweek. En toen ze al met haar rug tegen de muur stond en als vastgenageld tegen die kale muur bleef staan, welden nog steeds dezelfde gijzelende loftuitingen over zijn onverschillige lippen. Toen nam ze haar hoed in de ene, haar lawaaiige klompen in de andere hand en glipte ongezien onder zijn weggedraaide ogen naar de kamer ernaast om haar kostuum uit te trekken en haar voeten met crème in te smeren.

*

Hoe kon ze nog zonder aarzeling *geprijsd* zeggen, nu ze tien keer per dag 'uitgeprezen' hoort en zelf gebruikt – een voltooid deelwoord dat in de taal niet bestaat? 'Je hebt de haarborstels nog niet uitgeprezen, Marita,' zegt dus de verkoopster van de parfumerieafdeling van het warenhuis, een jonge, taaie, te zwaar opgemaakte vrouw. Ze pakt het pistool met de prijsetiketjes en vuurt ermee over de ruggen van de borstels. 'Wat moet ik doen?' vraagt ze opeens, onderbreekt haar werk en wendt zich met norse, onverzoenlijke blik tot haar collega. 'Wat moet ik doen? Ik ben bij goede vrienden en iedere keer weer begint iemand af te geven op de vader van mijn kind. Alles tussen ons is allang voorbij, hij is geen chef van onze afdeling meer maar juist nu, nu hij razendsnel carrière maakt, roddelen ze allemaal over hem. Ik zie hem alleen als hij het kind ophaalt, maar steeds als jullie met je vette grijnzen over hem praten omdat sommigen niet weten of vergeten zijn dat hij de vader van Larissa is, gaat het me door merg en been en merk ik wat ik ooit voor hem heb gevoeld, en het zal me een rotzorg zijn wat anderen in zijn beroep van hem vinden of dat hij geen goed kan doen bij hen, ongeacht wat hij nu weer heeft uitgespookt. Tenslotte heb ik ook onder hem gewerkt en nu zou hij ook mijn keus niet meer zijn, maar ik kan er slecht tegen dat ze nu voortdurend over hem klagen en zogenaamd verontwaardigd

over hem zitten te wauwelen. Tenslotte is Larissa ook
een deel van hem. Zoals hij was zie ik hem dagelijks
voor me. Moet ik mijn mond houden als ze in mijn bijzijn de vader van mijn kind over de hekel halen, dat is
hij nu eenmaal en Larissa houdt van hem, moet ik haar
zeggen dat haar vader bij onze kennissen niets voorstelt, een nul is, een praatjesmaker, dat we hem achter
zijn rug "de bonsai" noemen? Tegenover mijn vrien-
dinnen kan ik hem niet verdedigen. Daarvoor heb ik
niet genoeg hersens. Maar ik kan ook niet meehuilen
met de wolven in het bos als hij weer eens zijn broek
zou hebben laten zakken of een blunder heeft begaan.
Maar laat me je dit zeggen: ergens overdrijven we allemaal een beetje als het om Larissa's vader gaat en het is
bijna gepast om op hem af te geven. Maar jij moet in
mijn bijzijn niet meer zeggen dat je hem een zeikerd
vindt. Dat doet me pijn. Op de een of andere manier
maakt dat voortdurende gescheld dat ik tegenover Larissa niet meer met opgeheven hoofd sta als het om
haar vader gaat. En voor haar is er alleen die ene vader
en die staat buiten goed of kwaad. Snap je dat? Snap je
zoveel van een kind?!...'

*

Ik had haar zeker niet gadegeslagen. Ik beeldde me in
dat mijn vermoeide blik even vluchtig langs haar was
gegleden, laatdunkend wellicht, maar zo dat ze het onmogelijk had kunnen merken. Het was een jongensachtige kleine vrouw die met sonore stem sprak, volstrekt Amerikaans, en in die nonchalante klanken on-
verstoorbaar indiscrete opmerkingen over mij maakte
die ze even later in haar notitieboekje schreef. Ik dacht:
hier zit je nu, een uitgerangeerde dichter – en dit op-

dondertje, deze verdomde beginnelinge oefent zich in overhaaste gissingen omtrent jouw persoon, observeert je met haar vrouwelijke hoogmoed, en misschien had jij dat vroeger omgekeerd ook gedaan. 'The man behind you is watching me,' zei ze met een zuinig mondje tegen haar vriendin, een Japanse of Koreaanse die tegenover haar aan het cafétafeltje zat. Het onverbruikte talent had haar schoenen uitgetrokken, hing ongegeneerd in haar stoel, had haar voeten op de rand van een lege stoel gezet en schreef op haar opgetrokken dijen. Overal zag ik nu die kleine teken, die schrijfteken met hun vlijmscherp getande enterhaakjes en zuigslurfjes die zich op alles lieten vallen wat warmer was dan 36 °C en een lichte geur van boterzuur verspreidde. Ik werd dus een prooi van haar brutale, vernauwde en spiedende blik en voelde letterlijk langs mijn nek omhoog kruipen wat zij zich bij deze man, deze buitengewoon saaie man begon voor te stellen. Maar wat zou ze onnozel kijken als ik haar vertelde dat ik zelf niet geheel onbekwaam was op haar instrument en dat het me, als ik maar wilde, als het me ook nog maar enigszins zou interesseren, geen enkele moeite zou kosten niets tegen haar los te laten. Natuurlijk deed ik niets van dat alles. Ik leverde me bereidwillig en zwijgend uit aan haar onjuiste voorstellingen, zonder enige ambitie om de indruk van gemelijkheid die ik op dit soort vrouwen gewoonlijk maakte weg te nemen of te corrigeren. Ik hield mijn mond. Ik zat model voor haar sneltekenaarsportret op het terras...

Ze zag dus de som van nutteloosheid belichaamd in een ijdele, werkeloze man van een jaar of tweeënvijftig. Hij droeg een donkerblauw jasje en in de open boord van zijn witte overhemd met donkerblauw geborduurd monogram moest een naar sandelhout geurend sjaaltje steken. Natuurlijk ontbrak de donkere zonnebril niet, zijn haar was kort en golvend geknipt en ondanks de vele grijze lokken nog steeds stevig en jeugdig, zijn roodbruine huid vertoonde op de wangen diepe putten van vroegere acnepuisten... Je kon op je vingers natellen dat ze gebruik zou maken van dit markante kenmerk waardoor ik zelfs op de meest oppervlakkige toeschouwer een interessante, ondoorgrondelijke indruk maakte en dat al in talloze onjuiste voorstellingen die men zich van mij maakte figureerde. Voor haar was ik een overjarige *beau* zonder iets om handen die zijn dagen doorbrengt met kranten lezen op het terras, zichzelf nog altijd als onweerstaanbaar beschouwt en voortdurend in afwachting is van de vrouw. Iemand die de mooisten maar net goed genoeg acht, maar niet verder komt dan zijn beste vriend diens vermoeide vrouw afhandig te maken – en ook dat maar kortstondig – om daarna beiden te verliezen, zijn vriend en zijn slecht gekozen geliefde. Beroepsmatig houd ik me nog maar incidenteel bezig met mijn makelaarskantoor, dat intussen voornamelijk door mijn op geld beluste nicht wordt gerund. Een onnutte man genaamd Hartmut die naar alle waarschijnlijkheid tot het einde zijner dagen niets meer zal verwerven, behalve wellicht een ernstige ziekte aangezien hij in zijn grenzeloze ijdelheid en vrije tijd een pakje of twee per dag rookt.

Een man die zich niet eens verveelt, die de tijd doorbrengt met zijn verschijning soigneren en in alle opzichten met zichzelf tevreden is als je van bepaalde kleine ongemakken, van die wat onrustig makende verwachtingen van de geslachtsdrift afziet. Maar ook die worden soms als aangename uitlaatklep op stille voormiddagen ervaren en als, zoals altijd, geen ervan werkelijkheid wordt ziet de avond er ook niet somberder uit. Hij keert terug naar zijn vrouw thuis, trekt zijn jasje en zijn lakschoenen uit en kijkt uitvoerig neuspeuterend naar de televisie. Later draait hij zich naar de vrouw naast hem, omhult haar met een leuke illusie en vergiet de onvervulde dag in haar zijde.

Hij beschikt over charme noch intelligentie, hij is in wezen goedmoedig en rechtschapen, ware het niet dat zijn uiterlijk hem heeft verdorven, zijn hoofd op hol heeft gebracht. Hij lacht bijna recht uit het hart, al is dat meestal maar kort opdat zijn gezicht niet te lang uit de plooi raakt en zijn donkere, harde en vermetele ge-laatstrekken – waarvan hij meent dat ze hem regelrecht verplichten tot zijn nutteloze levenswijze – zich snel weer herstellen.

De jonge schrijfster stelt vast (ze is dol op het veel-zeggende detail): het overhemd onder mijn jasje, het geborduurde, heeft korte mouwen. Dat is voor haar aanleiding laatdunkend uit te weiden over mijn al dan niet behoorlijk gekleed gaan, mijn smaak en mijn ver-borgen slordigheden. Om dan ten slotte op heel andere toon over mijn vrouw te beginnen. Zij zou een hogere beroepsopleiding voor schoonheidsspecialiste hebben gevolgd en is eigenlijk altijd bezig zich te ontwikkelen en te ontplooien. In haar ogen schittert het harde hel-dere vonkje vrouwelijk potentieel. Al zou ze honderd modebladen per jaar bestuderen, ze zouden als dorre bladen wegdwarrelen bij deze ene heilige vonk, en geen televisie, geen mannelijk schijnwezen, geen op-smuk en geen luxe had hem kunnen doven...

Nu, een ding zal ik in elk geval niet bestrijden: ik houd van het leven omwille van de gaten die ik in de lucht mag staren. Ik heb nooit graag een bezige indruk willen maken. Ik verwijl liever dan dat ik me beweeg. Maar ik ben zeker niet ijdel, ik koester geen onjuist beeld van mezelf en ik heb al helemaal geen vrouw die een 'hogere beroepsopleiding' voor schoonheidsspecialiste heeft gevolgd. Om de waarheid te zeggen: er is nooit een vrouw aan mijn zijde geweest, ik verwacht die ook niet en kijk geen vrouw op straat na. Dit norse, getekende mannengezicht is in werkelijkheid het gezicht van een vent die drie keer per nacht zijn bed uitkomt om naar zijn slapende moeder te gaan kijken! Uit angst dat ze om de een of andere reden mijn hulp niet zou kunnen inroepen... Het is het gezicht van een man die er genoegen in schept zijn oude moeder te begeleiden, haar huis in orde te houden voor zover hij daar tijd voor heeft (en die heeft hij voldoende), die met de s-Bahn met haar gaat winkelen, tezamen met opvallend veel andere mannen van middelbare leeftijd die van het rechte spoor geraakt zijn, uit beroep en huwelijk zijn gestapt en eveneens aan de zijde van hun moeders – vaak krasse puinruimsters van vlak na de oorlog – vanuit het oostelijk deel van de stad naar Charlottenburg gaan om de ochtend in de warenhuizen door te brengen. Want mijn enige ambitie is haar behoedzaam en betrouwbaar uit dit leven te voeren, zoals zij mij er eens heeft binnengevoerd. Dit is mijn weg. Niets zal me daarvan kunnen afbrengen. En waar hij ophoudt zal ik roerloos blijven staan.

Ikzelf zou me voor mijn spiegelbeeld niet op mijn gemak voelen als ik niet met zekerheid wist dat ik klein ben, eigenlijk een vrij onooglijke verschijning, in elk geval het volmaakte tegendeel van de interessante, doorleefde man die men zich graag voorstelt als men zich verkijkt op de oppervlakkige kenmerken van mannelijkheid waarmee ik ben toegerust en die van louter epidermische aard zijn: groeven en littekens, harde sporen van een leven dat ik geleid noch doorstaan heb.

Bij de vele onjuiste voorstellingen die mijn robuuste uiterlijk bij mensen wekt is er maar één die ik me aantrek, en dat is natuurlijk die welke mijn oude moeder, ondanks alle moederlijke zekerheid, van mij koestert. Ik beken dat de grote gehoorzaamheid die ik haar verschuldigd ben me ertoe verplicht *haar* illusie, de illusie die zij van mij heeft in stand te houden, te behoeden en te voeden. Ik heb me dus ter wille van mijn moeder aangewend een man met een betrekkelijk smalle borstkas te zijn waarin niettemin – en daarvan was ze altijd overtuigd – een half, nooit geheel aan bod gekomen genie schuilgaat, een excentrieke, bedreigde persoonlijkheid, een ordelievende en eigenzinnige kunstenaarsvrijgezel die voordurend vermomd als scherpgeslepen potlood rondloopt, correct, al te correct gekleed, van buiten bijna een boekhouder van de oude stempel die met zijn smalle, wigvormige kop door de muur wil waarbij een vettige haarlok naast zijn schedel onnozel op- en neerwipt, maar die af en toe in naïeve vermetelheid revolutionaire taal uitslaat, bijvoorbeeld in ongure nachtkroegen en louche gezelschap – als een Caravaggio! – waar hij met overdreven vuur zijn oordelen als flitsende messen door het lokaal slingert, een altijd bedreigde geest, als een raket met de punt omhoog gericht en stevig ommanteld door zijn boekhoudersoptreden – *foris ut moris, intus ut libet!* – en in wezen in staat van het ene moment op het andere tot moordenaar te worden, niet uit laaghartige motieven, zelfs niet uit drift of ongeremde hartstocht, maar gewoon door een al te heftige borstkasversmalling... een moordenaar trouwens die zijn uitverkoren slachtoffer eerbiedig over de rug strijkt, van boven tot onder langs diens lange jas, onder de indruk van de lengte en rondborstigheid van dit lichaam dat hij zal doden want hij zelf is, zoals gezegd, nogal tenger van gestalte, broodmager en bloedeloos.

Het spinsel van gangen, de cocon van kleine alledaagse handelingen waarin de oude vrouw zich geleidelijk terugtrekt... Ik zat weer in Café Adlon op het kruispunt. Hoewel we nu na meer dan dertig jaar naar ons kleine huis in Köpenick hebben kunnen terugkeren, is ze haar kapper trouw gebleven en ik ga dus eens in de week met haar naar de Adenauerplatz. Wat zijn we alleen, was de gedachte die me opeens overviel, een man die verward zat in zijn tijdsgevoel en zijn moeder van over de tachtig, wier stapjes steeds kleiner werden, sierlijk sloffende stapjes die nauwelijks van de grond komen. Die hem niet-begrijpend, vervuld van goedheid en dankbaarheid toelachte en haar oude, nog steeds niet vervallen gezicht met haar veelgebruikte lieve glimlach ophief.
    Soms maak ik moeilijke uren door en voel me verschrikkelijk weemoedloos, ben ik vervuld van nuchterheid en optimisme als kon ik een nieuw leven uitstippelen. Ik betrap me daarop, schrik en zeg: nu heb je weer een kil uur waarin je haar afwezigheid zou kunnen verdragen... Even later voedt mijn blik zich dan met haar benepen, beperkte bewegingen, van heel nabij wordt hij door verlangen ernaar verteerd, opdat ik nooit vergeten zal hoe ze de sieraden in haar fluwelen doosje legt of in de keuken zit en haar oefeningen in woorden bedenken doet die de logopedist haar na een lichte hersenbloeding heeft geleerd. Dan zou ik zelf in die cirkel van geringe instandhoudingen, bedeesde handicaps, in dit op zijn kleinst afgeronde verstand mijn intrek willen

nemen en erin verdwijnen. Ik hoor het zachte tikken in deze verrichtingen, het aflopende raderwerk van herhalingen dat niets meer toelaat uit een wereld die daarbuiten wankelt, dof dreunt en instort. Wat belet me onder haar handen mijn intrek te nemen? Omdat zij en alles wat ze doen de cirkel vormen... de cirkel die je je leven lang hebt gezocht en die je toch altijd ontvluchtte langs lijnen die voorwaarts streefden naar openheid. Zij is de cirkel en ze maakt die voor mij.

Binnenkort is ze doof. Dan zal de stilte in haar gehoor me weer vasthouden, de oude vrouw zal me kluisteren met haar gezicht dat me vanuit het niet-gehoorde nog tederder, zoekender en liever toelacht... Wat is dat? Als een langzaam afschilferende glans, ik zag het voor het eerst in haar linkeroog toen haar middagslaapje haar slecht bekomen was. En dat daar? Eczeem, onheilspellend rood, vochtig, onder haar oorlelletje... Ik heb een hekel aan alles wat zich niet tot in de onderste winding van het einde draait. Ik heb een hekel aan wat zich niet in de kleinst mogelijke ruimte herhaalt.

Nooit zou ze zelf zeggen: kom toch mee!... Maar *het* zegt: haar bestaan dat in mij uitmondt, in mij verzandt.

Met de nieuwe permanent in haar dikke zilvergrijze haar herinnerde ze me tot mijn ongenoegen aan een televisieomroepster van het eerste uur. Maar ik wilde haar dat niet zeggen en wist ook niet hoe ik een ander soort kapsel zou moeten voorstellen. Toen we naar station Charlottenburg liepen werden we plotseling aangeklampt door de jongensachtige collega. 'U ken ik!' riep ze tegen me en bij die onzinnige uitroep stak ze me haar tekst toe. Ik wendde me snel af, maar ze liet zich niet afschudden. Ik draaide me om en snauwde tegen haar, met een voorgewende halve hoofddraai richting hemel om haar niet in de ogen te hoeven kijken: 'Dit is mijn moeder! Blijf alstublieft uit de buurt!' Als wilde ik Satan bezweren. Ze achtervolgde me echter als de lastige geliefde van één nacht. Ze bad en smeekte om gehoor, ze eiste haar recht op me op... Ik pakte de arm van de schrijfster die zichzelf via mij een pittoresk gevoel van vernedering wilde bezorgen, ik drukte, kneep en schudde haar arm en smeet hem vervolgens terug tegen haar lichaam. Toen was ze stil en keek met onnozele blik naar mijn voeten. Ja, nu was het zo ver. Ik duldde haar. Ik begreep zelf niet waarom. Maar van nu af aan duldde ik haar. Ze was onwaardig, taai en onverwoestbaar als een uit geperst afval gebakken vrouwelijke golem. Maar torende niettemin huizenhoog boven me uit in haar meedogenloze, huiveringwekkende vertelvenijn!

In het najaar kwam de doodzieke Wilhelm met een bestelwagen vol planten en plantte twee dagen lang als een bezetene, omdat we nu een behoorlijk stuk grond rond ons huis hebben. Seringen, tulpenbollen, narcissen, krokussen, sterhyacinten. En boompjes, esdoorn, linde, plataan, esp, berk. Het moest een cadeau voor ons zijn. Hij stopte zijn nalatenschap in de grond. Hij was niet te remmen. Voor altijd zou het nu zijn tuin zijn.

Om het uur haalde hij een donker flesje uit zijn broekzak en druppelde een beetje opium op zijn tong. Zijn gezicht was loodgrijs. Zijn tanden staken steeds naakter in zijn kaak. Via die tanden kondigde de heerschappij van het geraamte zich aan. Pijnlijk was dat er tussen ons een barrière bestond. Ik kon niet zo openhartig met hem praten als hij verdiend zou hebben. Zoals vroeger was het nooit meer tussen ons geworden.

Ik hield mijn moeder bij hem vandaan. (Ze had hem nooit erg gemogen.) Het was mijn dure plicht haar ten aanzien van Wilhelms ziekte en de ware aard van onze vriendschap in het ongewisse te laten. Maar voor Barbara, die bij haar bleef zolang wij in de tuin werkten, kon dat niet verborgen blijven. Toen ik haar Wilhelm voorstelde, betekende haar nauwelijks verholen verbluftheid een kleine, vluchtige triomf voor mij.

Het lymfkliergezwel ter grootte van een perzik dat zich in zijn maagwand had gevreten en de maag als een vreemde indringer omsloot werd met behulp van chemotherapie weggesmolten tot het formaat van een pruim. Hij leefde nu met een 'vrij nauwkeurige lichamelijke ervaring' van zijn beendergestel. Zijn 'utopie', zoals hij het koppig noemde: met opgetrokken knieën in zijn zelfgetimmerde kist liggen. Wat glimlachte hij meewarig om de hoogmoed van allen die mooi, oprecht of drukdoende zijn! Zijn innigste verlangen: bijtijds het bewustzijn verliezen. Je wist nooit of hij het volgende moment een onbeschofte obsceniteit of een vrome smeekbede ten beste zou geven... 'Hier! Ik geef je mijn stem. Heb je wat ter herinnering. Heb je overigens niet verdiend. Misschien de laatste keer dat je hem hoort!' zei hij tegen iemand die hij midden in de nacht opbelde. Hij was: de onuitstaanbare ten dode opgeschrevene. De dodelijk getroffene die zijn gal spuwt.

Niemand die hem in de laatste maanden aan zijn ziekbed bezocht bleef van zijn gram verschoond. 'Ik ben al aas,' kreeg ik te horen. 'Of je buigt je naar mij in mijn verrotting en stank of je maakt dat je wegkomt.' Ruim tien verschillende medicijnen kreeg hij tegen het einde. Om te slapen, om zich te ontlasten, om zijn pijn te stillen, nog altijd ATZ, de duizend mark kostende injecties van de chemotherapie niet meegerekend. Anderzijds was hij in zijn laatste dagen beslist welgesteld geworden door ziekenhuisgeld en verzekeringsuitkeringen. Afgunstig kijkt hij hoe de vlieg in de kamer sterft. Hij valt op zijn vleugels, trekt zijn poten op, trappelt nog een paar keer heftig, legt al zijn ledemaatjes dan keurig tegen zijn lijf en laat zich snel stijf worden.

Toen ik Barbara vroeg of ze dat cafégekrabbel over mij niet vervelend vond, nu ze de waarheid kende, antwoordde ze dat ze alleen in mijn 'fysiek' geloofde, dat ze alleen mijn 'fysiek' vertrouwde; wat daarachter leefde interesseerde haar niet. Ze geloofde in mijn lichaam! Uitgerekend!... Ik accepteerde alles, ik liet haar haar gang gaan, want ze viel in de smaak bij mijn mama.
    'Voor mij zijn er dingen die ik niet meer uitspreek en ook een paar, alleen mezelf betreffend, die ik niet eens meer denk. Misschien valt het je gemakkelijker... Ik ben er dertig jaar lang in geslaagd datgene wat ik niet meer benoem voor haar geheim te houden. Nog slechts een paar jaar moet ik dat volhouden. Ik heb overigens een verbond gesloten met mijn "fysiek", zoals jij het noemt: dat het me niet in de steek laat zolang mijn moeder nog leeft. Daarna zal ik niet de geringste weerstand bieden. Zou mijn "fysiek" zich echter, tegen onze afspraak in, niet aan onze overeenkomst houden, dan smeek ik je, smeek ik je met het gewicht en de verplichting van een laatste wilsbeschikking: de leugen die je over mij bent begonnen voort te zetten met alle middelen die je verhalende talent je biedt om *haar* voor opheldering te behoeden. De illusie van mijn moeder bestond van oudsher uit een half vermoeden dat nauwkeurig is afgebakend en op het kritische punt afbreekt om in instinctieve, weldadige onwetendheid op te los-

sen. Haar onjuiste voorstelling van mij is me meer het beschermen waard dan wat ter wereld ook.'

Ik kon niet onderscheiden of ik tegen de kleine schrijfteek had gesproken of tegen Barbara, mijn helpster in de nood bij gevaar voor blikseminslag en andere onvoorziene zaken. Ze knikte en schudde even haar hoofd. Blijkbaar was ze het ermee eens zonder het goed te begrijpen.

Wilhelm moest in quarantaine. Hij had zo goed als geen leukocyten meer. Iedere ziektekiem kon hem uit het leven wegrukken.

Toen ik hem weer mocht bezoeken was hij verschrompeld tot een spichtig grijsaardje aan wie niet meer te zien was of het een man of een vrouw was. Ik schrok toen ik binnenkwam, want het eerste moment dacht ik mijn moeder te zien, en van haar gezicht alleen nog het gat van de rochelende mond. Het gat was naar boven gericht, wijd open en bereid de ziel uit en niets meer in te laten treden.

Daar lag ze, haar longen vol water, en wilde zich in bed omdraaien. De hand die een teken wilde geven, om hulp smeken, was al te zwak. Wat is dat voor sterven? De loden last van de zwakte die haar naar beneden trekt. En alle verlangens van het leven lijken nu verschrompeld tot een enkele: niet meer die geweldige inspanning te hoeven opbrengen om het teken te geven dat iemand een glas water dient aan te reiken, het verlangen dat ze nooit meer dorst zal hebben...

Ik sloot mijn ogen en zei: 'Ik ben blij je te zien.' En hij antwoordde langzaam op dezelfde toon: 'Ik ben blij je te zien.' Ik merkte weldra dat hij alleen nog, nauwelijks hoorbaar, herhaalde wat ik tegen hem zei. Er viel een grote gemeenschappelijke stilte in de ziekenkamer.

Ons bezoek aan de mennonieten destijds kwam me weer voor de geest, toen we hun huis in de buurt van Coburg wilden kopen omdat we genoeg hadden van de grote stad. Alles in dat huis was van hout gemaakt en in de kamers van de oude fabrikantenvilla heerste een tijdloosheid zoals ik nog nooit had meegemaakt. De mensen wilden terug naar Paraguay, naar hun missiepost en hun reservaat. Om twaalf uur 's middags zaten drie vrouwen in zwarte schortjurken op de bank in de bijbel te lezen. Dat was het enige boek in het hele huis, maar overal heerste waardigheid en de juiste maat, niet als in een museum van godsvrucht doch als een belletje onthechtheid dat zat ingesloten in de harde wereldbol die zonder deze machtige schuilplaatsen van de stilte uiteen zou barsten. En hoe vriendelijk, hoe door en door mild lag de middag over het grote bed met het hoge kussen waarin het kleine meisje dat mazelen had beschermd en in hoger sferen lag te sluimeren... Toen ik hem vertelde van dit allervredigste beeld dat we destijds samen hadden gezien, leek over zijn ingevallen gezicht een lichtstreepje herinnering te trekken.

Aanvankelijk hadden onze gebeden de smeekbede van Sint Sebastiaan bevat, 'dat ge mij een huis in de sterren bereidt', en Wilhelm wilde, toen zijn gram hem nog niet verlaten had, een regel uit dezelfde legende op zijn graf laten zetten: 'Toen schoten zij zoveel pijlen op hem af dat hij het aanzien van een egel kreeg.'

Hij stierf drie dagen voor Pinksteren. 's Middags was ik nog een laatste keer bij hem. Alles was wit aan hem — haar, laken, huid en hemd. Hij hapte zwaar en regelmatig naar adem als een waterwezen dat in onze lucht niet kan ademen. Zijn hart klopte hol en heftig. De zuster en de dienstdoende vrouwelijke arts kwamen zijn bed verschonen. Ze smeerden witte zalf op zijn tong en tandvlees om te voorkomen dat die zouden uitdrogen. Zijn matte ogen – alle glans afgeschilferd! – gingen nog een keer open toen hij mijn stem hoorde, zoekend en wegglijdend. Hij zag me maar even en uit zijn blik, die me volstrekt vreemd was, maakte ik op dat we elkaar niet meer na stonden, niet meer in dezelfde sfeer verkeerden. Even daarna klopte zijn hart niet regelmatig meer. Van nu af had je de slagen kunnen tellen... kunnen aftellen tot de laatste. Het loopt niet geleidelijk af. Het blijft midden in zijn krachtige ritme na een laatste hapering stilstaan. Afgelopen. Zo lang gewerkt zonder een enkele vrije dag...

Dat was de dood. Hij toont je de mens van wie je hebt gehouden nog zoals hij daarnet was: hoe hij ademde, hoe zijn lichaam met het nog warme vlees rees en daalde. Dan laat hij de huid van zijn jaren, de wade van de geschiedenis leeg in je armen achter. Dit omhulsel, 'wat hij is geweest', kun je meenemen en bewaren.

Als het verblijf in een vreemde stad ten einde loopt en je zit te vroeg naast je reeds gepakte koffers, je rookt en telt het restant van je vreemde geld, als de plek al verdwijnt en jijzelf je in gedachten uitstrekt naar je gewone omgeving, hoewel je nog een vol uur moet wachten en in dat overbodige uur niet hier en niet daar kunt zijn – zo was de tijdspanne waarin ik van nu af aan moest wonen... Mijn god! dacht ik, zou dat dan alles zijn geweest? Die paar geneugten voor het oog, dwaallichten, het geziene, het leven – niets dan wat pluisjes, wat mouches volantes?

De hemel was zwart als de edelste Moor. Er was niemand thuis. Door het venster viel de schemer van het naderend onweer. Een verdroogde hortensia stond in een vaasje voor de spiegel. De vaas sprong kapot, de bloem vatte vlam... het was het uur van Barbara. Maar ze was verdwenen. Op haar onopgemaakte bed lag een leeggegooid doosje theezakjes. Kasten en laden waren leeggeruimd. Op het bureau geen briefje, alleen een boodschappenlijstje, inkopen voor het huishouden die ze niet meer had gedaan.

Mijn moeder belde op uit een telefooncel. Ze durfde niet alleen naar huis vanwege het naderend onweer.

'Waar zit je? Waar is Barbara?' schreeuwde ik opgewonden.

'Ze is naar huis, naar haar kind,' zei ze op een norse, verwijtende toon die ik nog nooit van haar had gehoord. Ik snauwde tegen haar dat ze moest kalmeren, want ik dacht dat nu was gebeurd waarvoor ik altijd het meest bevreesd was geweest: dat ze in de war was. Dat wilde ik onder geen beding geloven, ik schreeuwde en hoopte dat van schrik haar verstand zou terugkeren. Anderzijds klonk haar stem zo vast en bevreemdend dat de rillingen over mijn rug liepen – wat was er in hemelsnaam gebeurd? Wat had de vreemdelinge haar verteld? Ik haalde haar op met een taxi. Ze was in Grünau beland, ze was alleen met de s-Bahn de stad uitgegaan en het bos ingelopen. Ik trof haar uitgeput, maar niet verward aan. Op mijn vragen en verwijten antwoordde ze niet. Ze ontweek me met onaangename, gepikeerde droefheid. Ik dacht dat alles verloren en kapot was, en zweeg eveneens. Toen vroeg ze: 'Wist je eigenlijk dat ze een kind heeft en in Amerika getrouwd is?' Half opgelucht, maar voorzichtig antwoordde ik alleen maar oprecht: 'Nee.'

Niet zozeer wat voor slecht verzonnen verhaal de jongensachtige schrijfster over zichzelf kon hebben opgehangen hield me op dat moment bezig, als wel het verschrikkelijke vermoeden dat mijn moeder nog iets anders dwarszat dat haar stem van alle argeloosheid en eenvoud beroofde.

Thuis brak de spanning. Ze huilde en snikte een paar keer heftig als een ongelukkig verliefde vrouw. Ik kon het niet aanzien en bleef toch als verlamd naast haar zitten. Ik durfde mijn arm niet om haar heen te slaan. Ze begon echter steeds weer alleen over Barbara, die me intussen vrij onverschillig liet, of me in het gunstigste geval alleen een vervloeking waard leek omdat ze niet goed op mijn moeder had gepast. Ze zei dat ze zo teleurgesteld en opgewonden was geweest dat ze gewoon het huis uit had *gemoeten*. Maar dat was niet alles. Ze praatte nu heel zacht en geschokt. Die kleine Aziatische was gekomen en had een flinke scène met Barbara gemaakt. Wat ze daar in de kamer ernaast, en ten slotte in het hele huis, had moeten aanhoren was heel erg geweest. Bij de ruzie was alles naar buiten gekomen... Mijn fletse nieuwsgierigheid begaf het op dat punt. Het was niet mogelijk verder in haar door te dringen, erachter te komen wat ze nu eigenlijk wist en wat niet. Alles wat ze uitbracht draaide steeds weer om Barbara ('Hoe kun je je zo in een door en door fatsoenlijk meisje vergissen?!') en om het schandaal van haar kind: dat ze al aan het begin van de week in Vermont had moeten zijn en dat ze Olivers eerste schooldag gewoon was vergeten!... En het eindigde ten slotte met een mateloos overdreven spijtbetuiging en klaaglijke verontschuldigingen dat ze niet anders had gekund dan het huis ontvluchten vanwege die twee – ze had het niet meer aan kunnen horen! Maar waarom was ze *in werkelijkheid* weggelopen?

We bevonden ons in een heilloze doolhof van verkeerde tonen, verkeerde veronderstellingen, verkeerde overwegingen, van veronderstelde gevoelens en voorgewende woorden, zodat we elkaar onophoudelijk iets te verstaan gaven dat ieder voor zich naar eigen believen kon
uitleggen. Een unieke opening van zaken, een onomsto-
telijke waarheid, zelfs de onthulling van een zogenaamde 'grote leugen' hadden in deze onduidelijke situatie
geen aanspraak kunnen maken op groter geloofwaardigheid dan een van onze bedekte mededelingen of on-
echte plechtige verzekeringen. En zo hieven de gevaarlijke signalen elkaar ten slotte harmonisch op, nadat we
wat gekalmeerd waren en opnieuw het gravitatieveld
van onze liefde hadden betreden.

*

Therese praatte eentonig en zonder ophouden, maar
ondanks haar woordenvloed bleef iets ongezegd, door
leed verzegeld. Aan een tafeltje naast ons namen opera-
bezoekers plaats die de voorstelling in de pauze hadden
verlaten. Mijn blik gleed erheen toen een man voor zijn
buurman langs een andere man razendsnel met de rug
van zijn hand in het gezicht sloeg. Ik ving er nog een
glimp van op, ik keek op terwijl ik bezig was iets tegen
Therese te zeggen. De bril van het slachtoffer brak. Hij
verweerde zich niet. Ongetwijfeld had hij op zijn stille,
onuitstaanbaar arrogante wijze een kwestie op de spits
gedreven of een laatdunkende opmerking gemaakt. De
gezichten van de vrouwen werden bleek, en angstig
plukten ze aan de schouders van hun jurk. Het slachtoffer glimlachte bitterzoet en haalde de glassplinters
van de bril uit zijn mond. Intussen sprak hij verder,
wellicht net dat doorslaggevende beetje minder onbe-

schoft, maar dat masker van zelfbeheersing moest net zo uitdagend werken. Even later verliet hij het etablissement in gezelschap van dezelfde vrouw voor wie langs de hand van de ander hem had geraakt.

Therese, die sinds een paar jaar Duits geeft bij het Franse ministerie van Buitenlandse Zaken, werd als gevorderde studente in Parijs verliefd op de professor bij wie ze op een proefschift over Marat wilde promoveren. Een marxist die verstrikt was in de talloze controversen van de Annales-school. Toen ze bij hem begon, was zijn reputatie nog briljant en onomstreden. Maar ze had haar proefschrift nog altijd niet voltooid toen niemand de onderzoekswegen naar de revolutionaire klassenstrijd meer bewandelde. De strijdbare historicus was naar verluidt in haar armen gestorven. Maar een antwoord op die vraag ontweek ze altijd en zei: 'Van grote mannen wordt graag gezegd dat ze stierven terwijl ze in een vrouw waren. Die dubbelzinnigheid voedt de legende.'

Haar vader was geschiedenisleraar in het middelbaar onderwijs geweest en had in het enige artikel dat ze ooit had gepubliceerd – over Marat natuurlijk – de uitdrukking 'indianenverhaal' gekritiseerd. De een of ander zou Marat een 'indianenverhaal' hebben verteld. Hij kende de uitdrukking gewoon niet. Vervolgens geloofde ze zelf niet meer dat het woord indianenverhaal in de door haar bedoelde betekenis bestond. Ze schrapte het woord uit het manuscript.

Later leerde ze een Roemeense schilder kennen, een beer van een vent die Robert heette en alles wat hij tegenkwam gebruikte om zo snel mogelijk vooruit te komen in de wereld – maar het uiteindelijk toch niet verder bracht dan assistent van een blinde kunsthandelaar in St.-Paul-de-Vence. Therese had alleen gediend om hem in diplomatenkringen te introduceren. Toen kwam Daniel, bedrijfsleider bij een groot publiekstijdschrift die ambieerde directeur van de uitgeverij te worden. Hij was van heel goede familie en ze woonden in een huis naast de tuin van Monet in Giverny. Daar vond het samenvoegen van beider bibliotheken plaats. Op dat moment viel nog niet te voorzien dat Daniel weldra razendsnel promotie zou maken en dat Therese dat niet meer zou mogen meemaken. Nog geen jaar na hun bibliotheekhuwelijk trouwde hij met de dochter van een bioloog, eveneens van heel goede familie, die bij zijn moeder beter in de smaak viel dan die stugge vreemdelinge, die Duitse ontheemde Therese met haar gedempte, weinig melodieuze stem. Nu zat ze alleen op de negende verdieping van een flatgebouw in Gentilly, kreeg geleidelijk aan haar boeken terug en keek vanuit haar raam op de binnenplaats van een groot schoonmaakbedrijf. Tijdens een kerstbezoek aan haar vader in Berlijn werd ze verliefd op een Afghaanse fysicus, die echter familie had, en wel een wijdvertakte clan met zeer hechte onderlinge banden. Niettemin slaagden ze erin samen naar St.-Jean-de-Luz te reizen. Ze wandelden twee dagen langs het strand en logeerden een nacht in hotel Palace op de rotsen van Biarritz, maar daarmee was ook deze etappe in Thereses erotisch-intellectuele pelgrimstocht weer ten einde.

Als ze haar tijd eens bekeek door de reeks mannen die in de afgelopen twintig jaar voor korte of langere tijd haar minnaars waren geweest – hoeveel valse eden had ze te horen gekregen, en hoe vaak had ze slechts als vroedvrouw gefungeerd bij een zwaar en te laat afscheid van twee anderen! Waarschijnlijk was dat zelfs haar noodlot als vrouw: altijd slechts het oplosmiddel, nooit het doel te zijn. En ze wilde zich maar al te graag bedienen van het lijden, de rouw en de verse wonden van haar mannen om hen nog meer te kwellen. Het slachtoffer dat ze prefereerde was de scrupuleuze echtbreker, de benauwde minnaar die, geplaagd door zijn slechte geweten, in vele opzichten niet de beste kon zijn, zodat er altijd een aanleiding te vinden was hem op korte termijn weer te verlaten. Alleen om te bewijzen wat ze zichzelf van het begin af aan had willen bewijzen, namelijk dat het ook met deze man weer niet zou lukken. En natuurlijk om mij er aan de telefoon onmiddellijk uitvoerig en met verbitterde luchthartigheid over te verhalen. Ten slotte rekende ze er vast op dat ik in stilte buitengewoon tevreden was dat geen ander voor haar de ware kon zijn. Elk half jaar hetzelfde telefoontje, zo ging het altijd, en toen we vroeger jonger waren kwam het af en toe na een mislukte affaire wel weer eens tot een korte hernieuwde toenadering tussen ons beiden, een gezamenlijke reis, toevallig meestal met Pasen of – twee keer – tijdens een 'bedorven' zomervakantie als de minnaar met zijn gezin op reis moest.

Maar ook deze vluchtige hernieuwde aanrakingen van al te vertrouwde lippen en handen... wat een graaien en laten vallen! Wat wilde of zocht ze toch? Deze vrouw wier gezicht meer en meer als een droefgeestige maan boven haar mooie, volle lichaam stond.

En toch een vrouw die ik als adolescent niet kon weerstaan, wier lach helder en innemend was, hoewel niet vrij van een zekere hilariteit die mijn aanblik, mijn onrijpheid waarschijnlijk bij haar wekte. Tijdens een wandeling door de velden kon ze me zeggen dat ik haar als man – we waren pas zeventien! – niet hartstochtelijk boeide, om me even daarna bij zich te roepen en uit alle macht tegen zich aan te drukken. Als kind had ze een ernstige ruggegraatvergroeiing gehad waarin een stalen staaf was aangebracht en in mijn verbeelding zag ik in haar rug onder het grote litteken de gedraaide wervelkolom als de slang om de esculaapstaf gewikkeld zitten. Om het noodlot te trotseren nam ze naast haar school balletlessen, volgde een echte dansopleiding en was natuurlijk de beste van haar balletklas. Vlak na haar eindexamen reisde ze enige tijd rond met een vrije dansgroep. Alleen een eenvoudige radslag kon ze vanwege die staaf in haar rug niet voor elkaar krijgen.

We waren de eersten in onze klas die met elkaar geslapen hadden en het was ons aan te zien. We liepen in de pauze met de armen om elkaar heen, terwijl de andere jongens en meisjes gescheiden in gearmde rijen en in tegengestelde richtingen hun rondjes om de school draaiden...

Hoewel we elkaar al zo lang kenden keek ze me, als we elkaar weer zagen, zelden recht in de ogen als ze sprak, maar altijd een beetje langs me heen, terwijl ze wat schamper glimlachte om haar eigen ingewikkelde verhalen. Die verlegenheid en ook die neiging om onbegrijpelijk eentonig over haar leven te berichten, als ging het om kanttekeningen die een ander bij haar hart had geschreven, waren enerzijds een gevolg van haar in wezen weinig gepassioneerde en door voortdurende intellectuele zelfbeproeving aangevreten temperament. Maar anderzijds ging daarachter de reden, de eigenlijke reden, schuil die haar weer in mijn nabijheid had gebracht. Bijna geamuseerd had ze die ooit genoemd, heel snel en en passant zodat het me gemakkelijk kon ontgaan en onmiddellijk door zacht gegiechel weer werd weggewist... ach, wat onevenwichtig leek haar handigheid met haar volle, mooie en neerslachtige lichaam en wat lelijk vertrok en verwrong ze haar zachte lippen toen ze het uitsprak!... Was niet in die lang vervlogen dagen op de parkbankjes van de eerste liefde, bij het opkijken uit de boeken (o ja, de bladwijzer stak in het tweede deel van *Les chemins de la liberté* toen we elkaar van onze onschuld beroofden... maar welke onschuld daalt nu, achteraf bezien, weer neer over de parkbankjes van deze eerste vrijheid!)... was niet afgesproken, hebben we elkaar niet ons woord gegeven?... We gaven elkaar de vrijheid om ieder onze weg te gaan, maar aan het einde van die weg zouden we toch weer tegenover elkaar staan, dat was immers afgesproken.

Zoals gezegd, zo poëtisch en vrijmoedig zou ze het op dat tijdstip niet hebben geformuleerd. Evenmin als opeisbare vordering. Ze speelde slechts vluchtig met een herinnering die ons beiden moest opvrolijken. En toch lag in deze kleine kanttekening haar grote laatste stap besloten – me opzoeken, deze keer nog wel in de onmiddellijke nabijheid van mijn gezin (al pretendeerde ze ook dat ze een paar weken op de handschriftenafdeling van het gemeentearchief moest werken).

Het eerste dat me aan haar opviel was de oude gelofte. Ik zag de kinderlijke belofte die we elkaar hadden gedaan letterlijk van haar gezicht stralen, als de tweeslachtige glans van verwachting en vergelding. Ikzelf had hem ook niet vergeten. Maar ik hechtte er niet meer aan, in mijn hart was hij allang dor stro geworden, overleefd en zinloos als het existentialisme met zijn roerende zorg om ons moderne mensen de tragiek van het bestaan voor ogen te houden. Sindsdien hebben we echter een meedogenloos bevrijd en vrijblijvend leven geleid waarin geen enkele overeenkomst als on-ontbindbaar gold, afgezien van die met bepaalde kredietinstellingen. Wat moest een belofte die ik een jeugdvriendin had gedaan nu dan nog voor me betekenen? Toch was ze er opeens weer en was blijkbaar aangeland aan het einde van haar loopbaan, had het met geen enkele man werkelijk kunnen vinden, hoe moest ik dit gewoon-er-weer-zijn anders uitleggen dan als een herinnering aan onze overeenkomst, terwijl ikzelf me zeker niet in een vergelijkbare situatie bevond, integendeel, ik had met Lis al jarenlang een andere weg bewandeld die helemaal niet terugvoerde naar het uitgangspunt waar Therese op me wachtte, doch juist vooruit, weg, in gezelschap vooral van Kerstin, mijn dochtertje.

Haar woorden waren me dus niet ontgaan, ofschoon ze waren uitgesproken op de grens van het niet-gehoorde, onzeker en vluchtig als een opmerking die men onmiddellijk kan terugnemen, als had ze gezegd: 'Ik zeg het maar – we hebben elkaar beloofd...'

\*

De bibliotheek groeide, de kamer werd donkerder, de kasten reikten tot het plafond. In de boekenschacht zaten we naast staande lampen, Lis en ik. Avond na avond, jaar na jaar lazen we en gingen erin op, verhieven onze blikken hier en daar van de bladzijde en sloegen de ander heimelijk gade om te zien of iets uit de boeken niet ook op hem, min of meer gelijkend, zou kunnen slaan.

Als je onze situatie overdenkt hadden we elkaar vermoedelijk per slot van rekening te vaak heimelijk gadegeslagen en te weinig omhelsd. Iets moet immers het verzuim zijn dat vlam vat. Iets dat op zeker moment niet meer te veranderen valt. Waarschijnlijk zullen we de liefde niet ten volle uitgebuit voor altijd achter ons laten. Hoeveel méér, ach, hoeveel méér was nog mogelijk geweest, hoeveel méér was er niet op het spel te zetten, te vieren en te verspillen geweest! Maar daarbij had ook een méér aan ontwortelende ervaringen, duistere kanten, gemeenheden en onredelijke verlangens gehoord die de zijden draad die deze twee bleke, gewichtloze levens verbond snel had doen breken. In plaats daarvan hebben we elkaar in ontelbare verhevener versies ontmoet en nooit verloren we bij de schildering van liefdesbedrog en jaloezie, van ruw geweld en bitter dulden het beeld van de mens tegenover ons uit het oog, vergeleken ons met de infaamste en mooiste avonturen tussen man en vrouw.

Ik vraag me dus af: wie zouden we voor elkaar zijn als onze kamer niet donkerder en donkerder was geworden? Wie, als we het niet hadden kunnen verdragen elkaar, opkijkend van onze bladzijden, meer en meer aan ons verslaafd te zien?

Maar was ze mijn vrouw? Vaak schepte ik maar een kil behagen in haar. Ze was heel mooi – met als enige smet dat ze zichzelf heel mooi vond. Dat verstarde haar gezicht, maakte het kunstmatig, haar regie ervan was onbeholpen. Het beeld dat ze van zichzelf had strookte met een nogal ijzig, gepolijst ideaal en verried dat haar schoonheidsbegrip niet erg hoog ontwikkeld was en zich in wezen tevredenstelde met regelmatigheid. Een even beperkt en helder systeem van begrijpen en bevatten kenmerkte ook vaak haar oordeel over anderen, zodat ik me vaak afvroeg wat we in onze boeken nu werkelijk gemeenschappelijk lazen en als hetzelfde herkenden. Maar het inzicht dat grote werken een lezer geven is natuurlijk groter dan zijn eigen verstand. Met de jaren had het fatsoen tussen ons de overhand gekregen. Ik respecteerde haar, ik bewonderde haar zelfs vanwege haar inderdaad vlekkeloze eerlijkheid en oprechtheid Maar hartstocht – hartstocht heeft nu eenmaal de nodige hoeveelheid opdonders, bedriegerijen, leugens en rotzooi nodig. En daaraan ontbrak het bij ons. Zij was gelukkig met ons leven en haar geluk deed me genoegen en amuseerde me, ja het maakte me zelfs op schuchtere wijze zelf een beetje gelukkig. Dat de klank van haar gevoelens een bescheiden, maar niet gedempte weerklank bij mij vond was voor mij voldoende om geen eigen hoge toon te hoeven bijgeven, die zij overigens ook nooit miste.

Therese daarentegen was geremd en verdorven tegelijk. Iemand die zichzelf en anderen doorzag, alle ongeluk zag aankomen en zich er niettemin, dwaas en dwars, hongerig en verbitterd, altijd weer aan uitleverde. Alles bij haar liep mis, maar met een dynamiek die gewoonlijk is voorbehouden aan standvastige en zegevierende vrouwen.

'Lis is een fantastisch mens,' zei ik tegen mijn eerste liefde, hoorde ik mezelf zeggen, 'maar praten, praten zoals ik zou willen kan ik alleen met jou. Zoals altijd.' Ik geloofde nog steeds in mijn zwijgzaamheid. Ik geloofde dat alleen dat deel van mij praatte dat van geen belang was. Zodat het andere des te ongestoorder kon zwijgen... 'Denk je eens in in mijn situatie, als ik je het volgende voorval beschrijf, en je weet hoe ik eraan toe ben: Een man in een zwart polohemd gaat achter het hotel de tuin in en staart naar het balkon boven waar Lis en ik kort na onze aankomst van het eerste heerlijke uitzicht genieten, terwijl die vent op het grindpad als een brutale straatjongen onder haar rok gluurt en gedempt in zichzelf fluit. Even later wordt er geklopt en de vrijpostige staat al in de kamer. Hij stelt zich voor, hij maakt grapjes, hij matigt zijn onhebbelijk optreden, wordt fijnzinniger en charmanter, een schooier met innemende trekjes. Hij probeert een prettige, ontspannen harmonie tussen ons drieën te creëren. Maar voor mij verandert er niets: in *mijn* ogen stelt hij zich nog steeds tussen ons als een even belachelijke als doortrapte vrouwenversierder. Ik aarzel niettemin hem de deur uit te gooien, want opeens weet ik niet zeker meer hoe mijn metgezellin eigenlijk op hem reageert... Ja, je hebt het goed gehoord: metgezellin. De vertrouwdste vrouw aan mijn zijde wordt door deze fatale minuten plotseling weer tot een vroege, half onbekende metgezellin wier karakter en manier van doen nog een raadsel zijn, zoals tijdens onze eerste gezamenlijke reis. Gleed daar niet de schaduw van een glimlach over haar gezicht? Je vreest, ja, je voelt zelfs duidelijk dat deze indringer voor je geliefde interessant zou kunnen zijn, al was het maar in een geheim, niet bewust hoekje van haar hart – en wel door een zekere seksuele sfeer, door een aroma en nimbus die de seksuele man omgeven en waarvoor je weliswaar niet ongevoelig bent, maar ook niet de ontvanger die ze op de juiste wijze kan ontsleutelen. Op dit vlak – en daarvan getuigt al de moed waarmee hij ons heeft overrompeld – is het meest platvloerse nooit het meest platvloerse zonder meer! Of omgekeerd: ook het meest verhevene is hier doortrapt, uitgedacht door het meest platvloerse. Je hebt dus te maken met iets dat door en door onzeker is. Je bent wankelmoedig en laat de vreemde onbegrijpelijkerwijze zijn gang gaan. Maar ten slotte is zij het, jouw tot metgezellin gedegradeerde vrouw, die kortaf het beslissende woord spreekt en hem de deur uitzet.

Dus wat? Die vent heeft zich vergist en toch doel getroffen, want in *jouw* ogen was je vrouw te veroveren. Maar zij bewees dat jij een zwakkeling, een kleinzielige geest in de liefde bent.

Of is er nog iets anders in het spel geweest? Was er niet nog een andere nuance die alles op z'n kop zette en die jou is ontgaan? Wat was de reden voor dat minutenlange weifelen, en vervolgens voor dat prompte, al te kordate woord waarmee ze hem de deur wees? Was die koele, snedige wijze waarop ze hem de deur uitgooide niet iets te theatraal? Waarna – en dat was duidelijk te zien geweest – de veroveraar zich er glimlachend bij kon neerleggen dat alleen zijn eerste poging was mislukt. Deze man, die zich zowel op het effect van zijn niets-ontziende benadering als op dat van zijn fijngevoeligheid kon verlaten, had vast en zeker de kiem voor een toekomstige genegenheid bemerkt die verborgen lag in de late onverschrokkenheid waarmee je vrouw hem bejegende – en eigenlijk onmogelijk voor het eerst en laatst bejegend kon hebben.

Je bent geïnfecteerd. Ofschoon het gedrag van je vrouw je nooit aanleiding heeft gegeven tot wantrouwen of argwaan. Maar alle grenzen van de waarschijnlijkheid overschrijdende brutaliteit van de vreemde maakt al het andere, dat immers slechts waarschijnlijk was, ongeldig.'

*

'Ik moet je nieuws melden over de ongelukkige, de man met esprit en bedreigde geest met wie ik mijn leventje deel.' Dat schreef ze, de zwijgzame Lis, aan de verre vriend bij wie ze al jarenlang haar hart uitstortte zonder dat het ooit tot een nieuwe ontmoeting tussen beiden was gekomen.

'Nu is het dus gebeurd (nee: echt gebeurd is er tot nu toe helemaal niets!) – hij heeft zijn oude liefde weer ontmoet. Een zekere Therese, een dikkig oud meisje met onsmakelijk vettig haar. Voor zover ik weet is ze pas onlangs (ze is bijna veertig!) in Parijs gepromoveerd tot doctor in de geschiedenis. Als je haar zou zien, zou je het even onvoorstelbaar vinden als ik dat onze André ooit in haar ban heeft kunnen raken, ja, erger nog: dat ze ook nu nog macht over hem heeft. Zo is het namelijk. Sinds ze in de stad is merk ik zodra *mijn* man de deur binnenstapt dat hij weer in haar invloedssfeer is geraakt. Ze heeft macht over hem, zolang ze beiden leven zal ze macht over hem hebben. Ik daarentegen... enfin, je weet dat hij mij nooit heeft hoeven vrezen. In zijn ogen ben ik altijd de koele arme dromer gebleven. De aangeleerde en ingeroeste behoedzaamheid die onze omgang kenmerkt, nee, die onze dagen en nachten steeds gewelddadiger beheerst, brengt waarschijnlijk mee dat tussen ons meer onuitgesproken blijft dan een gezond huwelijk kan verwerken. Dus hij vertelt natuurlijk ook niet over zijn ontmoeting met Therese. Maar tegelijkertijd legt hij mijn onverminderde genegenheid uit als suffe argeloosheid. Hij meent zich onder die beschutting meedogenloos veranderd te mogen tonen. Zoals je weet meent hij dat hij op het gebied van geheime, subtiele observatie zijn gelijke niet kent en was hij er altijd al van overtuigd dat er niets aan hem op te merken valt dat hij niet zelf constateert. Maar in zijn gedragingen openbaren zich steeds meer en duidelijker symptomen die hem zelf ontgaan. Ja, merkt hij dan werkelijk niet meer wat hij me aan één stuk door in bedekte bewoordingen en achterwege gelaten handelingen te verstaan geeft? Als dat zo is, dan is dat al te wijten aan de invloed van die vrouw die blijft terugkeren.

Hoe kan hij zich zo ongegeneerd in veiligheid wanen en vergeten dat hij voor mij, die hem door en door kent, in alles een open boek is? Het meest geperfectioneerde spionagesysteem zou me geen nauwkeuriger informatie over Therese en hem kunnen verschaffen dan hij zelf met elke gezichtsuitdrukking, elke stap, elk woord geeft. Dat hij me niet meer in staat acht, dat hij niet meer van me verwacht, dat hij niet meer behoeft te vrezen dat ik dat merk, beste vriend, is voor mij veel krenkender dan alles wat eventueel nog tussen hen tweeën voorvalt. En de facto—ook dat is niet moeilijk te zien—is er niets gebeurd. Nog niets. De gloedloze heeft de man niet gevangen, hij kronkelt zich niet aan haar voeten en evenmin broeden ze een geheim plan uit. Toch is de mogelijkheid voor al deze ontwikkelingen aanwezig als ze elkaar ontmoeten en hangt om hem heen als hij thuiskomt. Maar nog ligt alles ongescheiden in een moment van mogelijkheden besloten, overgelaten aan het toeval van het krachtenveld van aantrekken en loslaten.

Maar zou je het niet fascinerend vinden door te dringen tot in de oernevelen van het voornemen, tot in de rauwe onbeslistheid waar alles tegelijkertijd gedaan en ongedaan is, tot in de diepste chaos van een uur waarin niets gebeurt en niettemin alles al gebeurd is, zodat men zich daarna gedraagt of er voldongen feiten zijn ontstaan... Mijn God! Hebben wij, André en ik, van het begin af aan niet altijd in gescheidenheid geleefd, intussen zelfs in voldongen gescheidenheid, en zijn toch bij elkaar gebleven, oog in oog? Het gaat er in feite immers alleen om de fatale chronologische *volgorde* der gebeurtenissen die naar het bittere einde voert, niet te beleven, niet te laten plaatsvinden!... Ik ben er heilig van overtuigd dat datgene wat ons bijeenbrengt en weer uiteendrijft eeuwig en altijd aanwezig is en op elk willekeurig moment kriskras door elkaar loopt. En ik denk dat er voor ons niets meer te voltrekken valt. De verwijdering, de breuk zelfs ligt besloten in die gemeenschappelijke ether die ons allen de levensadem schenkt. Niets dringt naar buiten, niets definitiefs ontstaat, geen laatste stap wordt gezet. Je leeft en volhardt in aanwezigheid van afscheid en weggaan, maar uitgevoerd wordt niets. (Is niet de liefde altijd de virtueelste aller werelden? Schatrijk aan mogelijkheden, maar aan feiten nogal arm.) Waarom zou ook niet die hardnekkige reële verzoeking genaamd Therese in de stormen rond André en mij weer in een imaginaire veranderen en zich tot pure mogelijkheid laten louteren? Om onverbrekelijk te zijn zal saamhorigheid altijd in haar kern een diepe verwondering, een principiële afwijzing moeten bewaren.'

*

Hierna vond tussen Therese en mij een ontmoeting plaats waarbij ik haar erg veranderd moet hebben geleken, en niet ten goede. Mijn eerste blik op haar was vervuld van woede en minachting. Ze wist onmiddellijk dat er iets was voorgevallen, iets dat van de ene dag op de andere het wankel evenwicht had verstoord waarin wij drieën tot nu toe hadden verkeerd. En haar vooruitziende blik bracht mij er weer toe met een onlogische

162

opmerking en op eerder agressieve dan onderrichtende toon te beginnen: 'Weet je dat ik gisteren Lis tegen de grond heb geslagen? Ik sloeg haar zonder enige reden, alleen in de ban van mijn eigen meedogenloosheid, en toen na de eerste klap dat geringschattende lachje om haar mond verscheen heb ik alle bezinning verloren en ontstak als een bijtgraag mormel van een hond in blinde woede. In die paar seconden voelde ik me niet meer mezelf, ik was leeg en zonder ziel, ik was niets en nietig.'

En ik vervolgde mijn woordenrijke aanklacht tegen mezelf en vond steeds nieuwe omschrijvingen voor mijn nietswaardigheid en ontaarding. Natuurlijk had Therese een te fijngevoelige intuïtie om niet te onderkennen dat aan mijn zelfbeschuldigingen een weerzinwekkende territoriumgeur kleefde die vooral haar de ogen moest uitsteken, dat het uitsluitend tot haar gerichte verwijten waren die ik in mijn *peccavi* vol zelfverwensingen te berde bracht. Ja, ze begreep en accepteerde het – en achtte harerzijds het moment gekomen om de onuitgesproken droesem die zich in onze gesprekken had opgehoopt uit te gieten.

'Overal verwijderen vrienden zich van elkaar,' begon ze, alsof ze op het door mij geschetste incident niet wilde ingaan. 'Ze verliezen elkaar voor altijd uit het oog. Alleen onze wegen komen uiteindelijk weer samen...'

'Het is nog niet het einde!' viel ik haar opgewonden in de rede. 'Nog niet het einde!'

Nu ze de eerste hindernis had genomen ging ze vastberaden voort en sprak in de volgende zin al van 'inlossen' en begon alles waarvan haar droevig-hongerige aanwezigheid automatisch had getuigd in gênant duidelijke woorden te formuleren.

'Het is zo ver, André. *Nu* is het zo ver... Ik zou wel

eens willen weten waar dat nog bestaat – twee mensen die met elkaar blijven praten terwijl achter hun rug de wereld intussen van decor wisselt en landen, zeeën en mensen, geliefde en vreemde, om hen ronddraaien zonder dat hun gesprek in het middelpunt van de werveling zelfs maar hapert!'

Zonder een spoor van sentimentaliteit antwoordde ik: 'Je zou je schare minnaars eindelijk aan een grote tafel voor een feestelijk banket bijeen moeten roepen. Je zou je moeten laten gaan in een laatste groot en verkwistend gezellig samenzijn. Bij ieder van hen heb je houvast gezocht en geen heb je kunnen vasthouden. Ook mij niet.'

'Dat ligt waarschijnlijk in mijn aard,' zei ze en verviel ogenschijnlijk weer in een moedeloosheid die niets goeds voorspelde. 'Ik ben zoals ik ben, langzaam en tot herhaalde pogingen bereid... Maar zo is het immers niet altijd geweest, zo ben ik uiteindelijk geworden. Niet helemaal zonder jouw toedoen. De willekeur, de ongelooflijke willekeur waartoe je destijds besloot... het was misschien te vroeg, ik was nog te jong... Je kunt ook zeggen – en als je erover nadenkt is dat de goede uitdrukking – je kunt ook zeggen: je hebt mijn hart gebroken. Zo is het namelijk. En daarom ben ik op halve kracht door het leven gegaan.'

'Dat is onzin. Zo kun je het niet stellen. Gesteld dat, dan was het *in de eerste plaats* je eigen aard die je ertoe bracht als jong meisje al bepaalde voorvallen overdreven ernstig op te vatten. Anderen, duizenden anderen overkomt hetzelfde. Eerste liefde. Die lachen daar nu om. Maar jij bent nu eenmaal zo dat je alles voortdurend herkauwt en eeuwig met je meesleept.'

Na een korte pauze waarin ze zich oprichtte en ra-

zendsnel de rest van wat ze me te zeggen had de revue
liet passeren, begon ze heel zacht en als op een ander
spoor...

'Het is ook onzin, nietwaar, als wordt gezegd dat de
mensen langs elkaar heen zouden praten, elkaar niet
begrijpen. Ze begrijpen elkaar maar al te goed. Het zit
namelijk heel anders: ze proberen alleen de tweekamp
tot een definitieve beslissing te brengen. De tweekamp
van overtuigingen, van belangen, van opinies. Wat ze
zeggen dient uitsluitend geheime strategische doelen.
Natuurlijk hebben maar heel weinigen de moed in deze
strijd tot het uiterste te gaan. Meestal blijft het bij oppervlakkige schermutselingen, dan sluipen ze ook met
woorden laf langs elkaar heen. Openlijke oorlog en grote vreugde hebben geen woorden nodig. Maar geliefden wel, dat is nu eenmaal een riskante, onduidelijke
kwestie ertussenin... Je hebt me gewond. Ik zal je doden.'

Zei ze dat? Hoorde ik haar dat zeggen?

In elk geval herinnerde ik me op dat moment hoe weinig haar stem me was bevallen toen ze de afgelopen
maanden een paar keer had opgebeld, zonder overigens
de geringste toespeling op haar aanstaande bezoek te
maken. Haar stem en meer nog haar spiedende luisteren en uithoren hadden me op een vreemde manier
benauwd, als was ik toen al geïnfecteerd met de eerste
kiem van het naderende kwaad. Ik merkte dat haar om-
zichtigheid in dat gesprek me verdacht voorkwam, ik
bespeurde dat ze met geweld een sterke neiging tot on-
zuivere gedachten en voornemens onderdrukte.

Maar ik moet toegeven dat haar komst daarna mijn
verdenkingen onmiddellijk tenietdeed, aangezien het

oog van nature waarschijnlijk minder argwanend reageert dan het oor.

Niettemin kwam me onmiddellijk weer voor de geest hoe ze aan de andere kant van de lijn probeerde uit te vinden of bij mij misschien iets niet helemaal zo was als ik beweerde, of niet uit een verkeerde toon bleek dat ik in wezen schoon genoeg had van mijn huiselijke omstandigheden, of ik niet toevallig een uitdrukking gebruikte die alleen bij ons gesprek, bij onze oude melodie paste, zodat tussen ons onverhoeds weer een diepere harmonie zou blijken te bestaan dan ik ooit met mijn vrouw Lis had gekend. Ja, ze was een en al oor. Ook als ze belangstellend informeerde en via haar vriendelijke vragen in wezen alleen de ene grote vraag naar mijn eventuele verval stelde. Ook als ze sprak klonk haar gehoor, en uit haar gehoor vernam ik de ondertoon van veroordeling, moorddadige bitterheid en droefenis.

Therese had jarenlang een leven geleid dat duister en bijna onmerkbaar op het mijne was gericht, ze had het altijd provisorisch gehouden en zich slechts op afroep met deze of gene man ingelaten. Het woord 'terugkeren' gebruikte ze zo vaak in allerhande professionele en actuele verbanden, dat ze het voor dit ene geval waarvoor het met hart en ziel gold niet zelf behoefde uit te spreken. In Parijs in ballingschap leefde ze uitsluitend voor een enkel mens. Ze leidde een leven dat om *zijn* afwezigheid draaide. Zonder dat ze het besefte, voedde ze uit de bron van zijn afwezigheid de zuivere, duistere verlangens die op zijn daadwerkelijk en onherroepelijk verdwijnen waren gericht. Deze namen in heftigheid toe, ze werd er uiteindelijk door bezield. Ik wist nu – ze zocht niet meer naar mij, maar naar mijn voltooide afwezigheid.

Er bestaan zeldzame constellaties, grensgevallen van ontmoetingen tussen mensen, waarin de moderne waarborgen waarover onze ziel beschikt plotseling niet meer functioneren, zodat verschrikkelijke momenten lang een volstrekt onbeteugeld ervaringsvermogen ons in zijn greep heeft. Dan begrijpen we ook de zin van een duistere rechtvaardigheid die een in de liefde bedrogen vrouw ertoe dwingt de schuldige ter verantwoording te roepen en het definitieve vonnis over hem te vellen. En natuurlijk zal de aangeklaagde tot het laatste toe proberen zich te bedienen van het centraal aangeleerde, succesvolste werktuig van de huidige mens, namelijk zich eruit praten, zich door verklaringen en psychologie verontschuldigen. Maar hoe sneller hij praat, hoe uitvoeriger hij wordt, des te wanhopiger zal hij moeten vaststellen dat zijn holle woorden het gezag van dit vonnis niet kunnen ontkrachten.

*

'Beste vriend!... De afgelopen weken heb ik niet de nodige rust kunnen vinden om je berichten van het gebruikelijke, geduldige soort te schrijven. Luister maar! Mijn hoop, mijn innige hoop dat alles tussen ons vieren in mild wankel evenwicht mocht blijven, dat er de facto niets zou veranderen!... die hoop is nu definitief de bodem ingeslagen. Ze zijn er dus toch, de treurige gebeurtenissen. André zit sinds vorige week platgespoten in een kliniek. Hij heeft nu vijf minuten nodig om behoorlijk een mes te pakken en een sinaasappel te schillen. Het doorbroken zwijgen leidde tot een oeverloze woordenvloed. Deze mondde van de ene dag op de andere uit in een kinderlijke, onevenwichtige godvrezendheid. Het geloof openbaart zich tegenwoordig immers niet zelden als de slak van een verbrand, opgeteerd mens. In elk geval tracht André met datgene wat eens allen verbond één te worden en erin te verdwijnen. Nuchter gezegd – een heilige angst heeft hem in haar greep gekregen, hij sloeg voor ons op de vlucht... Uit de nevelen van een nooit opgehelderd afscheid keerde zijn eerste liefde Therese terug, de jarenlange schaduw van ons huwelijk. Vanuit welke verwachtingen en welke overwegingen ook, hij had haar in zijn jeugd niet alleen trouw beloofd, maar zijn eed nog pas enkele jaren geleden vernieuwd – "Als het met Lis voorbij is, als deze grote kracht verzwakt (blijkbaar dacht hij te merken dat ons geluk over zijn hoogtepunt heen was), dan ben ik er voor jou, kom dan terug en we ronden af wat we gezamenlijk zijn begonnen... Ik zweer het. Als het voorbij is, kom dan!" Welnu, ze ging akkoord en verleende uitstel.

Aanvankelijk bespeurde ik een langzame, bijna tedere verwijdering tussen ons. Als twee sprookjesfiguren wier rol is uitgespeeld verwijderden we ons achteruitlopend stap voor stap zonder elkaar uit het oog te verliezen, elkaar liefdeswoorden naroepend tot we beiden rechts en links in de coulissen verdwenen...

Ik verwijderde me innerlijk pas van hem toen hij een dweper werd. En wel een dweper met zijn eigen kind, ons dochtertje Kerstin, die hij begon te verafgoden op een manier die geen enkele ruimte voor mij liet. Ik wilde met een man leven en zat ten slotte opgescheept met iemand die me in pathetische bewoordingen uiteenzette wat precies de juiste man, wat precies de juiste moeder uitmaakte en welke schandalige tekortkomingen ik mezelf te verwijten had. Zijn geest omgaf zich met een pantser van overtuigingen en daarachter verviel zijn geloofwaardigheid. Zijn bekentenissen stonden in geen verhouding tot de verantwoording voor en verzorging van het kleintje die hij feitelijk van me overnam. Het kind bestond voornamelijk in zijn lovende woorden die zich uiteindelijk verhieven tot een enkele aanklacht tegen mij, de onmoederlijke vrouw die in het kraambed "de natuur slechts eenmaal tevreden had gesteld"...

Onverwacht dook Therese weer op. Aangetrokken door zijn leed, door de ontbinding van ons huwelijk waar ze als een aasgier boven cirkelde, kwam ze. Hij hoefde haar niet te roepen. Nu kwam ze voor het laatst en legde de strop van het medelijden om zijn hals. Weke, niet wijkende wreekster die eindelijk vergelding wilde bewerkstelligen voor een kind dat ze eens niet ter wereld mocht brengen, destijds toen hij verteerd door geldingsdrang en eerzucht naar een vrij en onafhankelijk leven streefde. En toen hij zich afwendde en tegelijkertijd zwoer op de toekomst, had zij van haar kant gezworen: "Eens krijg ik dat kind van je of krijg ik je leven." Sprak haar profetie en verdween. Verzonk de eed als een hoeksteen in zijn lichte, zorgeloze jeugd. Bouwde jaar na jaar, terugkeer na terugkeer aan het huis van haar roof. En nu, na bijna een kwart eeuw, houdt ze de zielepiet in haar armen. Hij had de moed opgegeven. Te zwak om zich nog tegen haar te verweren kroop hij ten slotte tegen haar zegevierende hart en hoopt nu van ganser harte dat het vonnis op de eerste, voor hem voordeligste uitspraak zal uitdraaien. En vrezend voor het leven van onze arme André zag ik me dus ook nog genoodzaakt de baarmoeder van een blauwkous op jaren in mijn smeekbede op te nemen...

Ook zij was fanatiek geworden. Want in haar mateloze trouw was geen liefde meer. Alleen bekentenis, alleen de valse overtuiging van de Enige, de Juiste, de man die haar voor haar bedorven leven schadeloos moest stellen. Uitgerekend deze vrouw die al tientallen jaren rondzwierf beschuldigde zichzelf van de moord die ze vijfentwintig jaar geleden op haar vrucht had gepleegd. (Neem me niet kwalijk, maar die nieuwe cultuur, die morele zelfkastijding die je daar aantreft lijkt me schijnheilig, een laatste perverse lust vlak voor de permissive society in volledige uitputting en onverschilligheid ten onder gaat...)

Al maanden voor haar terugkeer leefde André onder de dreiging van de bekeerlinge. Ja, hij vreesde haar als de tot burgerman geworden schurk, bij wie op zekere dag een gesoigneerde oudere heer komt opdagen "om een oude rekening te vereffenen"...'

*

'Ik was altijd van hem blijven houden.' Met deze woorden begon nu ook Therese zich rekenschap te geven van de bekende gebeurtenissen, en dat betekende: zich met de middelen der oprechtheid laten gaan in een zo volmaakt mogelijke zelfmisleiding, zoals de beide anderen vóór haar hadden gedaan.

'Toen hij daadwerkelijk besloot met Lis te trouwen, was ik aanvankelijk geschokt. Ik had er, eerlijk gezegd, niet op gerekend, aangezien ik over genoeg bewijzen beschikte dat hij zeker niet van haar hield. Ik nam aan dat ik niet al te lang zou hoeven wachten tot mijn tijd kwam. Anderzijds was mijn tijd echter ook niet meer onafzienbaar... Hij was dit huwelijk alleen aangegaan omdat hij de bezoekingen, onaangenaamheden, ontberingen en kwellingen die onze relatie ons beiden bereidde niet meer kon verdragen en met geweld wilde afschudden.

Ik had het gevoel dat hij alleen met Lis was getrouwd om zich los te rukken van ons vertwijfeld zwalken en definitief een grenssteen, een paal in de grond te slaan die duidelijke beperkingen zou stellen aan onze al te ongeremde bewegingen. Maar toen hij een kind met haar kreeg opende de grond zich onder mijn voeten. Gekrenkt en ontdaan bewoog ik me een tijd lang als het ware ondergronds voort, zocht zelf geen contact meer met hem en was ook voor hem onvindbaar.

Na zes jaar achtte ik de tijd rijp en belde ik voor het eerst weer op, vanuit het vakantiehuis dat we in de buurt van Toulouse hadden gekocht. Ik vertelde hem dat ik nu langzamerhand aanstalten maakte, de termijn was verstreken, en dat hij zich kon voorbereiden.

"Welke termijn?" vroeg hij geschrokken, en ik moest lachen, want hij schrok van zijn eigen vreugde mij te horen...

Het is juist dat Lis nooit heeft geprobeerd iets achter zijn rug om te doen of hem tot welke dubieuze beslissing ook te dwingen. Toch kon ze geen twijfel koesteren omtrent de rol die ze in onze relatie speelde en evenmin over het feit dat haar huwelijk met hem van voorbijgaande, langzaam voorbijgaande aard zou zijn. Niettemin hadden haar schoonheid en rechtschapenheid zich steeds duidelijker gemanifesteerd. Haar verschijning, haar zelfbeheersing, haar woorden leken André een voortdurende charmante vermaning, als een glimlachend geheven wijsvinger, geen wijsvinger die dreigt, maar slechts de aandacht vestigt op... Wees voorzichtiger, m'n jongen, als je met ons vrouwen van doen hebt... Haar koele fijnzinnigheid en discipline voorkwamen overigens automatisch dat ze ooit een openhartig, grof gesprek over hun werkelijke relatie voerden. Zo leefde hij met deze tedere, vreemdsoortige vermaning en herkende de verhevenheid van haar heldere hart. Ze betoverde hem. Tegenover haar rechtschapenheid –die voor hem zintuiglijk was: haar kaarsrechte houding–kon hij uiteindelijk alleen een schuchtere verering stellen. Af en toe scheen het hem toe dat hun huwelijk zich niet afspeelde in een moderne nieuwbouwwoning, maar in de beslotenheid van een middeleeuwse tuin, omgeven door een kruisgang waarin woorden als genade, dank en eer in hun oude orde weergalmden. Vaak hoorde hij zichzelf in dat soort onderdanige bewoordingen tegen haar spreken – maar over zijn lippen kwamen ze nooit. Van het hoge voetstuk waarop hij haar geplaatst had voerden slechts moeilijk begaanbare rotsige paden naar beneden, naar de bevrediging van de gewone begeerten die door haar onvermoeibaar en onophoudelijk geëist en verwacht werd. Voor hem school in begeerte, voor zover echt en schaamteloos, altijd het gevaar dat het oog erin verzonk en de mond loog in het vuur. Als haar gezicht in wellust verkrampte was het niet meer mooi. Bovendien getroostte zij, de onschuldigste vrouw ter wereld, zich allerlei roerende inspanningen waarvan ze vermoedelijk meende dat ze op een gezonde man een onweerstaanbare uitwerking moesten hebben. Maar voor hem verstoorden ze het beeld dat hij van haar had en schaamtegevoelens hinderden hem.

Nu hebben André en ik op dit punt misschien een bijzonder verleden. Sinds onze jeugd hebben we onder de oppervlakte van het alledaagse naar oudere schoonheid gegraven. Overal kwam immers nog haar oergesteente te voorschijn, je behoefde alleen maar beter op details te letten om te zien hoeveel schoonheid over ons verstrooid ligt, ook al is die in duizenden splinters uit-

eengebarsten, en ook kan stralen. Wat alleen al niet kuis
kan zijn aan iemand die door en door verlopen is! Al is
het maar een schittering in zijn oog, een wenk van zijn
hand – plotseling, zelfs midden in de rotzooi die hij
denkt en voelt, duikt het op, het onberoerde...

Ja, ik ben deze vrouw heimelijk nagegaan. Het lijdt
geen twijfel dat zij het was die me de laatste jaren meer
aantrok dan André, de man. Dat zij het was die mijn
onverbrekelijke relatie met André beter belichaamde
dan ikzelf. Die in haar prachtig gestalte kreeg. Ik zou
me niet hebben geschaamd haar ver boven mijzelf te
stellen. Maar die afspraak die haar uitsloot bestond nu
eenmaal en ik moest die nakomen.'

*

'Schelden! Schelden kan hij...' Ze zit met zijn jasje over
haar knieën op een stenen paaltje voor de ondergrondse
parkeergarage en wacht op haar metgezel die in een
louche café sigaretten haalt. Ze zijn samen uit een film
gelopen die ze niet meer konden aanzien. Nu struikelt
hij de kroeg uit, weer eens betrokken in een ruzie, doet
een stap achteruit, weer half de deur in en schreeuwt
nog een grove verwensing tegen de kastelein. Glipt dan
snel naar buiten en sluit de deur zorgvuldig achter zich.
Rolt zijn mouwen naar beneden en zegt: 'Ziezo.' De
waard rukt de deur weer open en brult hem een onbe-
schaamd dreigement achterna. Slaat daarop op zijn
beurt de deur dicht en wel met zoveel kracht als had
die deur, hoewel tot zijn pand behorend, partij gekozen
voor de ruziezoeker. De afgewezene knikt alleen en
grinnikt bleekjes. Dan slingert hij zijn luidste, beste
vloek de lucht in die de ander aan onsterfelijke belache-
lijkheid moet prijsgeven, maar hem akoestisch niet
meer bereikt.

'Waar we ook komen begin je te schelden,' zegt de jonge vrouw, 'en nu moeten we weer ergens anders heen voor die stomme sigaretten van je.'

'Maar zo'n stel barbaren moet je een lesje leren!' windt de man zich op en pakt zijn uitgetrokken jasje van de schoot van zijn gezellin.

'In een spelonk vind je een stel barbaren. Dat spreekt vanzelf. Wie anders? Wat verwacht je dan? Met opzet ga je juist naar dat soort spelonken, omdat je van tevoren weet dat je daar met iemand ruzie kunt zoeken.'

'Ja, begin jij ook nog eens!' snauwt de man, meer bitter dan dreigend.

'Een filosofische kemphaan ben je. Een opgewonden standje dat snel zijn zelfbeheersing verliest.' Dat moest ze er nog aan toevoegen, zodat hij niet echt het laatste woord zou hebben. Een jonge gezette vrouw was het, met een ezelsgrijze waterval van krullen en ze verkeerde met deze intellectuele vagebond die zijn hoofd steeds boven het hare verhief, als sprak hij voor een volle zaal.

'Ik weet niet meer hoe ik je moet omhelzen, moet kussen. Die platvloerse voorstellingen van mensen die alleen ogenschijnlijk paren voor dode camera-ogen hebben mijn seksuele gevoelens gekwetst en beledigd. Ze wekken de plaaggeesten van de onlust. En die barbaren in die spelonk vinden juist de film waaruit wij beiden bijna gevlucht zijn *prachtig*.'

'Daar zou je je niets van hoeven aantrekken... als je een wat bredere visie had.'

'Hoe dan? Ook *jouw* naaktheid draagt na zo'n film in *mijn* ogen het burgerlijk lompenkleed van de onbeschaamdheid, van een zieke, uitgebloeide, statische en zinloze onbeschaamdheid. Allemaal reclame, alleen nog fetisj, geen lichaam meer, nog slechts zelfvoldane reclame voor een handelsartikel dat niet meer bestaat – zingenot! Ontzetting moet je om het hart slaan, ontzetting – werkelijk naakte ontzetting – bij de daad in het burgerlijk lompenkleed. Maar misschien is mijn hoop al gericht op het onheil. Op een beeldenstorm zoals de wereld nog nooit heeft beleefd... Die moet over ons komen, want uit onszelf komt niets meer. Ieder moet het gevoel hebben dat hij toekijkt hoe iemand aan het kotsen is zodra op het witte doek een gulp opengaat... Hoe kan een kunstenaar, die toch de meester van het indirecte en van de fijnste nuance geacht wordt, zich juist op dit bijzonder gevoelige, dit heiligste punt gedragen als de meest ordinaire realist?! En mijn geliefde? Welja! Die is heel tevreden met de copulaties die ze heeft gadegeslagen. Trekt zich er niets van aan. Ach, ik alleen ben de protestschreeuw van de geknevelde lust! Ik alleen ben zo verloren, omdat de verandering van de wereld geen gelijke tred met de mijne houdt!... Wat je geleerd hebt kun je niet meer gebruiken. Het ambacht is uitgestorven voor je je leerjaren achter de rug hebt. Zoals ook de vrouw voor wie ik ooit leerde liefhebben niet meer onder de vrouwen te vinden is. Overigens meen ik te hebben gezien dat maar heel weinig gezichten door zinnelijke vreugde of nieuwsgierigheid kunnen oplichten. Zinnelijke nieuwsgierigheid speelt, op onze breedtegraden in elk geval, slechts een ondergeschikte rol op het menselijk gezicht, komt slechts heel zelden en dan nog gereguleerd te voorschijn, en doet zich bijna nooit in zuivere vorm voor. Dat wat vooral straalt en de gezichten bezielt is begeerte naar sociaal profijt. De kwestie van zingenot moet worden afgehandeld tegen de achtergrond van een conversatie tussen twee caissières in de supermarkt over de vakantiedagen die ze nog te goed hebben, twee vrouwen die van elkaar afgekeerd op hun geslacht zitten, artikelen over de scanner trekken en hun klanten geen blik waardig keuren... De kwestie van zingenot, voor ons de meest prangende die in alles centraal staat, moet worden afgezet tegen de ontzettende massa aan sociale tijd waarin ze geen enkele betekenis heeft, waarin de naakte onzinnelijkheid het dagelijks leven en zijn bezigheden beheerst... Het oog en de hand van de mens zijn onbeholpen geworden, onbeholpen ook zijn begerige ziel die elke zekerheid ontbeert. Waar zijn de bezwaarden, de Mahler- en Dostojevski-persoonlijkheden... waar zijn ze, de onverbeterlijk eigenwijzen, de strijdenden, de verscheurden, de naar heil hunkerenden en in verzoeking geraakten, de emotionele vondelingen van hun verpletterende passies? Weg. De geest die de splijting moet bevatten is glad, spiegelglad als een gezonde lever. Alleen ik treed naar buiten, in de tuin der geschokten, ontzetten, door schrik bevangenen, en sla mijn rozenstruikige, opwaarts strevende taal uit, ik, de lichtdoorlatende... Er zijn genoeg mensen in staat om viereneenhalf uur in de bioscoop te zitten teneinde een film van ongelooflijke lengte te bekijken. Maar mijn voordracht zouden ze nog geen tweeëneenhalf uur kunnen volgen? Ik spreek nu eenmaal precies zo lang als Theodor Däubler destijds zijn werk *Das Nordlicht* voordroeg. Ik bied geen korte, handzame, vlotte, gepolijste brokken. Ik sta bekend om mijn epische breedsprakigheid. Een voordracht die niet voor ruim een-derde uit nadrukkelijke herhaling, voor een-derde uit stormachtige voorzetten en voor een-derde uit gedachtestreepjes, fermaten, bestaat, een voordracht die niet een Brucknerachtige lengte heeft is de moeite niet waard – die kun je op in-

formatiestencils bij de zaaldeur uitdelen. Samengevat!
Bij mij kan niets worden samengevat... Historische
breuk en einde van de geschiedenis – we hebben ons
aardig uitgeput in geschieddronken bewustzijn. Nu
moeten wij, en de kunstenaar als eerste, weer overgaan
tot de orde van de dag van het eeuwige. In alles wat
voorgevallen is de opwaartse beweging, de anagoge opsporen. In het huis van het zijn worden de meubels met
veel lawaai versleept. Het kan niet verschrikkelijker
worden dan het verschrikkelijke besef al is. Elke voor-
stelbare gruwel. Erger dan voorstelbaar bestaat niet.
Het verschrikkelijkste aan het verschrikkelijke is dat
het komt zoals beschreven en voorzien... Nog spreekt
de rede kordate taal, in het benoemen van de kwalen en
de zorgen wordt haar betoog merkwaardig genoeg
steeds vaardiger en behendiger – maar de aardkrachten
hoeven maar een weinig in beweging te komen of ze
overstemmen haar. We zijn er laat bij, mijn liefste, laat.
We hebben op een onchristelijk uur het nieuwe begrepen. En nu het nieuwe werkelijk aanbreekt is ons begrip verbruikt. Nu de patronen alle doorgespeeld, de
affecten alle uitgewoed zijn, laat de tijd de beer los.
"We bevinden ons in revolutionaire historische processen," zegt de kinderlijke openbare mening. In feite is
onze actuele belangstelling overdreven gespannen gericht op diegenen die na ons komen en die eens over-
tuigender en moeitelozer zullen weten wat ons heden
betekent. We zien groen van jaloezie vanwege hun be-
daarde terugblik. Ons, de meesters van het historisch
overzicht, ons moet dat gebeuren, zo laat nog, een zo
overweldigend, onbeslist, onuitgegist heden!... Maar
wat, zo zou ik wel eens willen weten, is een wereldbeeld
waard dat in de loop der geschiedenis voortdurend verandert, zichzelf corrigeert en tegenspreekt, vergeleken

bij de oeroude betrouwbare wereldjes rond pissebed en libelle, doornhaai of luipaard? Zoals het "wereldbeeld" van de mier is bepaald door de aaneenschakeling van elkaar melken, de permanente chemotactiele verbinding, zo is het onze daarentegen onbepaald geworden door de doorlopende productie van valse wereldbeelden. Steeds zal het beeld dat we ons van de wereld vormen primitiever zijn dan de breintechniek waardoor het is ontstaan. Hersenen en werkelijke wereld staan dichter bij elkaar dan wereldbeeld en wereld of hersenen en hun illusies. Niets kunnen we *goed* zien, we zijn door emoties dolgedraaide blinden, nijvere onbezonnenen... De natuur van de mens is beeldvormend, zoals de natuur van de elkaar melkende mieren chemotactiel is. En dit betrouwbare apparaat der permanente misleiding is het hoogste dat de natuur heeft voortgebracht! Het wordt beheerst door een niet aflatende activiteit van vervaardigen, van creëren, van fabriceren van kleur, vorm, zin, gedaante en samenhangen. Alleen in zijn rusteloze nijverheid is de mens geïntegreerd in de natuurgebeurtenissen en zelfs in de blindheid van zijn handelen nauw verwant aan die dieren die zich in hun schoonheid categorisch afsluiten voor het schoonheidsverlangen dat de menselijke beschouwer op hen loslaat... Het frank en vrij in de lucht goochelende pauwenoog valt in werkelijkheid alleen te vergelijken met de van telefoon naar telefoon snellende beursmakelaar. Niets dan drukke activiteit gaat om in de vlinder, dat "symbool van de menselijke ziel". Overal moet je het oneigenlijke, de catachrese van onze beeld- en voorstellingswereld opsporen en aan de kaak stellen... Goochelen! Lieve hemel!... Vrij! Mijn god... Ook nog "frank"? Wanneer leren we eindelijk, als we al geen afstand kunnen doen van onze mateloze inbeeldingen, ons in een volstrekt vreemde wereld met de nodige metaforische terughouding te bewegen? Het gezwets van het leven zelf? De leugen van het leven zelf... niets dan snovende grootspraak!... Ontroostbaar stemt bij langere aanblik de boom die niet in staat is trots op zichzelf te zijn. Treurig en teleurgesteld trekt onze ziel zich in de loop der jaren van de afwijzende schoonheden der natuur terug – ze wilde zich immers verenigen met wat haar zoveel genoegen bereidt. Plotseling begrijpt ze het dode stuk hout, de dode bloem – en heeft alleen nog gevoel voor de damp der moleculen. De ziel ervaart pas laat haar eenzaamheid en haar eenzame narcisme: ze heeft altijd alleen zichzelf liefgehad. Geest en ziel hebben in hun vertrouwde samenspel alles, maar dan ook werkelijk alles tezamen voortgebracht, zowel de schoonheid der dingen als het gevoel voor die schoonheid. En dat gebeurde enkel en alleen omwille van het menselijk welbehagen!... Ik probeer het levende levenloos te zien. Als een vlinder om een voorjaarsbloem fladdert is in zijn wezen niets voor mijn menselijk herkennen begrijpelijk, zelfs niet als ik hem aërodynamisch analyseer en tot in de kleinste vleugeltrekking doorgrond... Pas als ik zowel in het kleinste als in het grootste – in het licht, de adem, het bloed, de blik – op datgene ben gestoten wat volstrekt van de mens is afgekeerd, zal ik het wonder der onverschilligheid beginnen te vermoeden waarin wij en ons menselijke herkennen niet meer zijn dan een toevallige nijverheid tussen miljarden anderen. Dat is de kern van de mystiek, dat is tot bovenaan toe dicht zijn, in de wereld ingesloten zijn. Daar zit ik levend ingemetseld met mijn liefste, zoals vroeger het Soedanese stamhoofd als hij geen kinderen meer kon verwekken, met een laatste concubine op schoot... De mooist vibrerende snaar onder de levenlozen zou je willen zijn... Men spreekt over luide klanken die van onze planeet zouden opstijgen en in het heelal uitwaaieren... maar de muziek speelt daarbuiten om de metalen stilte die ons bedreigt af te weren. Muziek is een grote strijd aan het sferenfront... Wat betekent: de mensen begrijpen elkaar niet? Ze begrijpen elkaar maar al te goed! Al het geklets leidt uiteindelijk tot de stemvoering in het donker die ze nodig hebben als ganzen!... Simmel en X, hoe heette hij ook weer? hebben tegen elkaar staan brullen omdat ze wilden mededelen, hebben luidkeels, bijna woedend tegen elkaar gesproken zonder dat de een naar de ander had geluisterd en toch hadden beiden het gevoel dat ze elkaar uitstekend begrepen... Op de bijbelomslag had zijn whiskyglas een donkere kring gemaakt. Hij had het daar niet alleen neergezet, maar er bij het oreren ook verscheidene malen langdurig op geslagen... Stel je voor dat het zover zou komen dat iedereen zijn hoofd wenst te bedekken, verlangt naar een pruik om zijn haar niet te hoeven tonen – *iedereen* plotseling als van schaamte bezeten... Hoe moet dat dan met mijn hoofd? Ik kan het toch niet voortdurend met mijn blote hand bedekken?... Wat betekent die schedelschaamte, denk je? Het is niet alleen een oriëntaals, een joods gebruik dat vrouwen in het bijzijn van vreemde mannen hun haar moeten bedekken... Iedereen wil zijn hoofd bedekken, iedereen! Haarpracht – Haarschaamte. Als alles plotseling in zijn tegendeel verkeert, vriendin, als alles weer eens in zijn tegendeel verkeert: hoogmoed in deemoed, contourvergroting in contourverkleining, imponeergedrag in verlangen naar onopvallendheid, alles wat elkaars tegendeel is, macht – onmacht. De fraaie hoed is de vergulde schaamte, de haardecoratie de wervende bloem van de haarschaamte – en schaamte is de bron van alle lust: verwerping van alle ontbloting, gesloten pariëtaal oog... Al het toekomstige zal herinnering zijn. De toekomst zelf zal het werk der herinnering zijn... Maar waar blijven de utopie, de dromen, de droom van de mensheid? De mensheid droomt niet. Alleen één individueel mens droomt steeds. Dromen zijn van de ziel en de nacht. Het woord droom kun je niet naar believen verplanten... Wie heeft de wereld globaal gemaakt? Wie zijn de geniepige uitvinders van het geheel? Niet de boer, niet de fabrieksarbeider, niet de moeder, zelfs niet de toerist. Filosofen! Eerst filosofen en dan hun late leerlingen, de technici. Het geheel: een drogbeeld, een dwanggedachte... Ik heb de hele wereld bereisd en niets gezien. De bonte wereld is waardeloos als een uitgetrokken narrenkleed. De nar is er allang uitgegleden en ver weg gevlucht. Zijn koning achterna. In ballingschap heeft hij zich overigens ontwikkeld tot een degelijk financieel beheerder en praktisch bedrijfsleider... Wie was dat ook weer, Bernard van Clairvaux? Die liep drie keer om het Meer van Genève en merkte het meer niet op, omdat hij in vrome gedachten verzonken was. Het niet-zien van het geloof en de liefde, en de beeldeloosheid van de beelden tegenwoordig die ons willen uitputten. Ik schaam me voor het onzichtbare vóór elk gefilmd gezicht. Van het gelaat mag niet meer dan het verloren profiel worden getoond. Zonder schroom geen liefde. Natuurlijk – als woorden slechts teloorgang van het woord, als beelden slechts grenzeloze teloorgang van het beeld zijn, dan tast dat die beide wonderen zelf niet aan: het woord en het beeld... Bovendien heerst er tegenwoordig die negatieve zelfverafgoding van de mens en het mensenwerk... De laatste rationele overweging luidt: Alles komt van het kwaad, is verpest... geniet nooit van de zon!... houd van geen rivier, geen boom, kijk wat eraan bedorven, verrot is. Daarmee sluit de cirkel van de geschiedenis van de christelijk-gnostische minachting voor de natuur zich... Petrarca beklimt de Mont Ventoux, geniet van het uitzicht, is verrukt van het geestelijk karakter ervan en leest, boven aangekomen, in de *Confessiones*, leest bij Augustinus hoe verwerpelijk het is de natuur te bewonderen. De vrije natuur Gods bestaat niet voor de vromen. Onmiddellijk daalt hij af en keert terug naar zijn studeerkamer... Theologie van het afval, theologie van de oikonomia, van de eeuwige huishoudorde, absconditus Deus sub contrario, Zijn intreden in de verwisseling... Iedere belangrijke tegenstelling gaat terug op een oerdubbel van het religieuze zijn... De beeldenvijand en de beeldenaanbidder. De reformator en de religieuze dweper. De dogmaticus en de mysticus. Het schip der geestdrift heeft twee boorden. In de wisselende stormen der tijd maakt het af en toe slagzij. De opvarenden moeten dan op de hoge kant springen: revolutie, het uur van de beeldenstormers. Later moet dan de heerschappij van de iconoclasten weer doorbroken worden. Het zwalkt van links naar rechts, het schip van de voortdurend geestdriftigen, in de eenvoudigste zin is het de razende wieg van de mensheid, en die is eeuwig hulpeloos, eeuwig pasgeboren... Ah! En onze vroege verering voor tranen?... Het hele bestaan, de schepping zelf balt zich samen in het vlies van een enkele traan... Geschiedenis bestaat alleen om de voortdurende stroom van tranen op gang te houden... de dorst om te huilen... Herinner je je de lange terrassen, de kiezelpaden in het park, La Notte, Antonioni's zeer ruime isolaties... nee, je herinnert je die niet. Je kent ze niet meer, de ernstige, koele stilte, het zwijgzame pathos van de mislukking, moderne mannen in niet-nonchalante, niet-sportieve kledij. En de adem-

benemende onschuld van een blondine in een mantel-
pakje met driekwart jasje en witte naaldhakken. Het
waren de eerste eenzamen die we te zien kregen, die
eenzamen met stijl en levensgevoel... duistere, ondoor-
zichtige betrekkingen tussen een handjevol nachtelijke
mensen. Modernen!... Helden van de verveling en de
afkeer, edelen van het ik. Ach, ook wij hadden tot voor
kort iets eigens, icts dat ons paste kunnen toevoegen
aan het eeuwige thema van de verveling, een onmiskenbare variant van het grote ennui, niet zo verschrikkelijk
grof als het vormeloze monster *vrije tijd* dat mensen-
massa's verslindt... maar we hebben de kans voorbij
laten gaan. Nu is het te laat. De verveling is weg en zal
niet zo snel terugkomen, in elk geval niet als kenmer-
kend gevoel van een tijdperk... Ja, het leven na La Notte, de mentaliteitsgeschiedenis van de westelijke wereld
heeft ons belet goede existentialisten te worden. Les
chemins de la liberté! Ha! En nu? Een nieuw existentialisme, een nieuwe heraldiek van de mislukking. Een
gevoel dat de wereld faalt. Een soort rouw over de teloorgang van alle begrijpelijkheid... En pril begin, wat
is dat? Alleen nu-gemaakt, anders is het niet voorhanden. In een tijd zonder beloften waarin alles wordt af-
gedankt worden we overmand door ons eigen prille
begin, toen we alleen van beloften leefden. En zo komt
het dat je je ver van de mensen verwijdert, alleen om de
beloften van het hart nog eenmaal te voelen, beter, harder en helderder, dat wil zeggen: zuiverder, door en
door zuiver. Het verlangen wil geen natuur, geen groei,
geen differentiatie, niet de verveelvoudiging van ver-
schillen, niet de vergroting van de afwijking, van de
individualiteit. Het verlangen van een mens blijft, van
zijn eerste glimlach tot zijn laatste gebed, koppig vasthouden aan on- en bovennatuurlijke genieën, aan

schoonheid en magie. We zien toch dat niet al het levende leeft, dat kunsten, ideeën, verwachtingen half levend, half anorganisch zijn en sentimenten als sedimenten moeten worden behandeld en wij een laag op de aardbodem zijn, een extra stratum waarin, als pendant van ons leven, het anorganische hart klopt... We klinken alleen anders dan kikkers. Rechtop lopen is de mens aangeboren, pas waar zijn knie zich losmaakt krijgt hij waardigheid. Maar ze weten het niet, ze weten het niet... Ik vertrouw alleen de stemmen der bezwaarden... Ik lijd slechts uit de bron van het oeroude lijden... en ben toch de metgezel van een altijd turnende, aerobic-ende, volmaakt buigzame vrouw tegen wie ik, terwijl zij onverzadigbaar haar ledematen buigt en strekt, geluidloos en stom op een steeds onbeschaamdere ademhaling na... mijn hart uitstort... De redenaar. De geweldenaar. De naar volmaakte gewichtloosheid strevende vrouw. Zij vormen de zinnebeelden, de portaalfiguren van het tijdperk der tegencommunicatie. Jij luistert en luistert! Dan ga je van mij naar die ander, keert terug als de onverbiddelijke die haar lange been op de kleine kruk zet waarop hij zijn uren in herinnering heeft doorgebracht, terwijl hij nu voor jou, voor je hiel op zijn knieën valt. De slinger tussen deemoed en hoogmoed die steeds zwaarder slaat... ik voorvoel een lang verblijf in onduidelijke omstandigheden. Wat zegt je ander hier nu allemaal van? Hij die je mijnentwille treitert... mijnentwille? Omwille van je grillig gemoed. Is er nieuws van de ander? Hij weet dat ik... ik praat? Misschien zou hij mijn beste vriend zijn geworden. De nabijheid is bewerkstelligd. Als grijsaard verheug je je – als laatste, hoop je! – over een metgezellin die eens door velen werd bezeten... In elk geval heeft ze wat geleerd, heeft ze een hoop te vertellen... Wat wil je zien van een mens? De cadens van een hand is voldoende: een scherm voor de ogen, om de vreemde te bespieden. Dextera porrecta van de begroeting. Het rusten op de knie van de oprechte luisteraar tegenover je... Maar die ondervragingen!... Terwijl de wereld steeds vaardiger, behendiger en technisch beter toegerust wordt, worden de ware geliefden steeds linkser en onbeholpener... Om de verbazing, het niet-begrijpen, de woordledigheid tot uiting te brengen volgt de beet in de schouder van de ander of in de eigen handbal. Zolang hij zichzelf bijt, zwijgt hij. Als hij de ander bijt, spreekt zijn zwijgen zonder dat hij het doorbreekt... Zoals ieder weet: je zoekt niet de ondeugd, maar de overtreding van het verbod. Onze lust gaat mank aan te zwakke verboden... Vermoedelijk is elke vrouw voor de een een horige en knielende, maar voor de ander een onverbiddelijke gebiedster. Ze bezit het *wezen* van de onderdrukster noch het *wezen* van de lijdzame. Ze is het een of het ander al naar gelang de situatie in de strijd... Of ze beledigt de een om de beledigingen van de ander te kunnen verdragen. Of: het feit dat ze hem bemint, laadt degene die ze niet bemint met liefde, die hij vervolgens elders, bij andere vrouwen, verspilt... Ik droomde met het doel in een ander wakker te worden. Ik beging onrecht met het vooropgezette doel dat het rechtmatige zich sterker kan doen gelden... Ik misleidde om iemand de ogen te openen... ik zeg dit omdat we onder de zon in een wildernis van doelen en plannen leven – eenzaam, met woeste excuses... Maar als ik jouw gezicht verwacht, die honderd bruine sproeten op je witte huid, die heldere vermoeidheid in je blik, het lange, fijnbesneden masker tussen haar en kin – facies non uxor amatur! Ja, ik wil je fier te midden van al die gewichtloze vrouwtjes, van de alledaagse ontreddering van het andere en onvoldoende

185

andere geslacht. Dat je kiest voor fierheid en zekere smart. De nerveuze schrik te zijn afgesneden van een geweldig bestaan moeten anderen ondergaan, in elk tijdperk nemen ze in aantal toe... Zonderlingen! Afgezonderd van alles wat verwarmt en versterkt... Ik heb niet veel begeerte. Ik dacht dat die groter en schandelijker zou zijn... Ken je dat?... Het is er, het is voorhanden, het is nabij, concreet, voelbaar, beeldend, maar niet meer aan te raken, niet met begrippen te benoemen of, indien benoemd, niet meer in zijn kenmerkende eigenheid benoemd, niet meer zoals het tot ons "spreekt", zoals het ons mogelijkerwijze bevreemdt... we bezitten niet meer die geheime, vrezende manier van benoemen. Er is iets, een elektronisch apparaat, ja goed, hoe heet het? Rekenmachine? Weinig woord voor veel ding. Daarnaast een theepot van zwart... hoe heet dat spul? *Makrolon.* Zegt me niets. We bevinden ons in een *ergonomisch* verantwoord ingericht kantoor... dingen te glanzend, te nieuw, voortdurend vernieuwd, het oog, de zinnen, de herinnering, de metafoor vinden geen scheuren en gaten in de voorwerpen om zich aan te hechten... deze dingen stralen alleen maar, ze scheiden een lichte, kille glans af die je niet kunt beroeren of beschrijven... alleen nog de onhandige hand, het ouderwetse tasten van het hart valt min of meer te beschrijven, onttrekt zich niet onmiddellijk aan het begrip, maar misschien duurt ook dat niet lang meer, de wolk van chroomglans en abstractie rukt op tegen het allerintiemste om het onbenoembaar te maken, onbenoembaar voor de beschouwer, degene die het ervaart. Wat voelt hij nog? Brandschoon, brand zonder vuur... Ik kan *het* zien, het verheft zich van de rode straat, maar het oog is niet het metende orgaan. Ik kan *het* ervaren, dat is het metende orgaan... Alles is verdwenen... bij die dingen... hoe heet *het?* Hoe heet *het?* Wat *is* het? Deze dingen hebben geen naam... geen zelfstandige naamwoorden... hoe kan *ik* het noemen? Wat is er eigenlijk benoembaar aan? Bijna niets... Je zult zien dat het steeds moeilijker wordt de dingen bij hun naam te noemen. Ze zijn arglistig geworden en weten zich tegenwoordig vliegensvlug aan vaste betekenissen te onttrekken. Daar sta je dan met je lege woord het ding is allang veranderd!... In onze taal heerst de oneindige weergalm van het uitwijzende, het uit de taal wijzende woord. Daarom is die taal van het begin af aan op de vlucht, verdreven of verstoten. Een universum van je eruit kletsen... Het doel, het doel dat alle talen dwangmatig en hulpeloos nastreven is die éné klank van harmonie tussen hemel en aarde en alle schepselen. Maar de taal bazuint het noodlot van het verstoten zijn uit. Hij lijkt op de wanhopige intonatiepogingen van een zanger op de ochtend dat hij zijn stem verloor... Alle taal is onmenselijke belofte (ons is het inderdaad goddelijkere beloofd, namelijk de natuur overtreffend te spreken). Alle taal is schoppen van naamloosheid in je ingewanden... Ik moet me verstaanbaar maken met een snelheid die niets te maken heeft met mijn begrijpen. Voortdurend is een noodaggregaat ingeschakeld om me verstaanbaar te maken. Nabijtaal zoek ik, niet het verre rumoer onder de mensen. Vrij en grenzend aan het onbegrijpelijke... Iemand die pretendeert de Duitse taal te beheersen heeft ongeveer evenveel macht als een museumsuppoost die beweert dat hij heer en meester is over al deze schilderijen... ik heb ze niet geschapen, maar ik ben er heer en meester over! De enige die met recht iets over de taal te zeggen heeft is degene die zich erdoor laat overmeesteren, stompen, bijten en door elkaar rammelen – die zich door de ganse grootheid, door de *onvoorstelbare hoeveelheid* ervan laat overrompelen. Maar degenen die er alleen door smalle spleten en flexibele sjablonen onderkoelde, voyeuristisch-technische betrekkingen mee onderhouden, zijn als mensen op culturele reizen die laatdunkend over het lang geleden verstomde orakel wauwelen, omdat zij zelf het niet kunnen vernemen... Maar zo zal het altijd zijn: sommigen schommelen veilig overdag en vallen 's nachts, anderen vallen door de dag en stijgen 's nachts... Hoe nu, mijnheer, u heeft alleen fraai gesproken? Maar in de nacht is dat geen fluit waard. Gebakken lucht!... Weet je, je vergist je nooit erger dan wanneer je een mens in zijn duidelijke contouren en onmiskenbare kenmerken meent te ontdekken. In werkelijkheid is zijn getrouwe beeltenis het fantoombeeld dat hem zoekt. Zo ziet iedereen eruit en iedereen is: de Ongevere, het flikkerende, steeds vervloeiende beeld. Het product van talloze contouren laat zijn "caracteristicum" gewoon open en tracht het uit alle macht op te sporen... hoewel de donderdag, letterlijk opgevat, me doet schudden... Uiteindelijk word je bij kop en kont gepakt door de ontketende letterlijke betekenis die met dierlijke kracht op ons afstormt. Het taalbeest en het menselijk gestel... Hoe angstaanjagend het ook lijkt, er is geen uitweg uit de anagogische zinnenaard, de gewelddadige opkomst der zinnen in hun vervluchtiging... De wereld draait uit me weg in steeds kleinere spitse ovalen... zoals de rivier sneller stroomt voor de waterval, zoals de dagen korter worden voor het einde van het jaar, zoals het latere leven naar de dood lijkt te vlieden, zoals de mug steeds kleinere cirkels draait in het wegstromende spoelwater, zo belandt ook het zekere, machtige noemen in de maalstroom waarin het millennium wegloopt. En toch beveel ik mijn ziel met bovenmenselijke kracht weerstand te bieden, een stalen krijger van rust te zijn. Staan, stokstijf en star blijven staan, niet toegeven aan het snelle verliezen. Niet met betoverde blikken staren naar een hemel vol boerenbedrog!... Maar soms in half-slaap slaat het angstvisioen toe, en het definitieve oor-deel, de afsluitende zekerheid luidt: je zult nooit heb-ben gedacht wat je eens in een eerste opwelling bijna gelukt was te denken... je zult nooit hebben geleefd zoals je eens in een eerste opwelling bijna gelukt was te leven!... De heremiet wordt verscheurd door de taal die hij niet tot gebed weet te beteugelen. Wat hij heeft ge-zegd valt hem in de rug aan en bijt zich vast in zijn schouder. Mijn woorden hebben zich in mijn vlees ge-beten als murenenmuilen... Je moet weer Hamann le-zen om te leren dat de geest door scheuren en barsten wegglipt, dat alle wijsneuzen die de taal willen verhel-deren vervelend zijn... dat je je elk moment kunt laten gaan... dat passie, drang en emotie de hoogste zaken in het leven, in de religie én in de stijl zijn, de paulinische geloofsstorm, de augustinische introspectie... Hij trouwde met de boerendochter Regina Schumacherin, in wier armen zijn vader stierf. Leefde samen met zijn zwakzinnige broer. Zonder Hamann geen Duits. Zon-der de Duistere uit het Noorden geen licht... Het ene moment zie ik de hele stralende opbouw, de innerlijke, hechte, ideale architectuur van waarden en schoon-heidsbegrippen, de hele onnatuurlijke hiërarchie die heilzaam en alom in het verborgene werkzaam is – en het volgende moment herken ik met evenveel vreugde de wonderen van de vliedende, weifelende vormen en onzekere plannen, de onafzienbare rijkdom van het oplossen, de oneindige ontspannenheid wier heerlijk-heid zich openbaart in het feit dat geen enkel mensen-bewustzijn er heer en meester over kan zijn. Zo, lijkt het, wordt onze geestdrift steeds tussen twee onbepaalden heen en weer geslingerd: willen begrijpen en niet willen begrijpen. Het oude met definitieve contouren zien glanzen en het nieuwe niet kunnen overzien, hetgeen – hoe helder de blik ook mag zijn – altijd en eeuwig een gevoel van duisternis oproept... Uit duizenden vervagende gezichten duikt het ene geliefde gelaat op. In duizenden verstrooide goudkruimels verbergt zich de loop van een gesloten ring. Door de zigzag, de wirwar van haastige episoden waait de adem van een lang epopee. Uit myriaden melkwegen kijkt ons een kindergezicht met wereldlege ogen aan. Duizend leventjes krioelen in een biografie en vermeerderen zich als bacteriën in een modderplas. Ieder is doorgangshuis voor duizenden anderen. Waar ooit vaste plaats en starre tijd waren zijn nu alleen nog sprongen en vonken. Waar ooit twee gescheiden ruimten voor goed en kwaad waren, zijn nu membraanovergangen waardoor de demonen van plaats wisselen en zich vermengen... Ach! Slaagde ik er nog maar eenmaal in de omtrek van een mens waar te nemen in plaats van me onmiddellijk in zijn veelvoudige gestalte te verliezen en geen gezicht meer te kunnen onderscheiden, juist door de herinnering aan datzelfde gezicht! Al die mensen die ik half zag, half was... Het mensenleven als iets dat ernaar streeft te worden herkend. Het voltrekt zich in de zekerheid van een ander oog, dat overzicht heeft en vorm herkent waar de voortlevende zich alleen bewust is van de warrige, sporadische sporen en brokken van zijn leven. Het vertrouwen in een alomvattend gezien-worden is gebaseerd op de eenheid van God die het Ene ziet in dit losse, wilde kaf dat we voor Hem verspreiden in de wind, allang gescheiden van het koren, de vrucht. We weten dat Hij niet het verstrooide, maar juist het ene gezicht, het beslissende, geldende kenmerk, het geliefde herkent. Zonder deze zekerheid herkend te worden zouden we geen ogenblik overeind blijven. Rechtop staan om herkend te worden... Als ik bedenk dat ik nooit een kaal, grof takje wilde zijn dat ergens vaag in de wirwar wijst... En toch viel dat niet te voorkomen. Ik ben met de takken in de dorheid getrokken... Oprecht staat het land in de winter. Oprecht wit. Pantomime, al wat roept. En de kraaien, een dreigende vinger van de nacht... Er komt geen zon. We zijn heel alleen, wit en zwart... De takken streven omhoog, het haar is te berge gerezen. Alles vergaat in opwaartse richting. Zelfs de sneeuw stijgt zodra we hem niet zien... Markeringen, brandmerken, kettingen en palen: wat hebben ze niet allemaal uitgedacht om de angstaanjagende ononderscheidbaarheid, de blauwdruk van de hemel, van het aangezicht der aarde te wissen!... De grote klok knielt in het dal... De aarde alleen een startbaan. Anagogisch, al wat leeft. Van hier stijgt het op. Laatkracht. Alles wat zich onttrekt roerloos achternareizen. Vandaag wil ik wonen tot ik niet meer kan... Zo, tegen je eigen muren gedrukt, half van ontzetting, half van het extatische, zwelgende wonen... Alles is anders dan ik het zie... Als maar één druppel kosmische tijd in ons aardse tijdpotje viel en er zou, bijvoorbeeld, elke tien of vijftien (aardse) minuten één beeld aan onze blikken voorbijzweven, terwijl er daarvoor ettelijke duizenden zintuiglijke indrukken per seconde ontvangen en verwerkt werden, één beeld, eenzaam, geluidloos en veelgestaltig, zou in een boog omhoog stijgen en weer in de leegte verzinken, zonder vervolg. Niets ervoor, niets erna. Gebeurtenisstilte, (aardse) minuten lang zwart. Dan weer de zwakke halo, de glanzende aura waaruit ten slotte haarscherp, uniek en ondoordring-

baar het beeld zou oprijzen... twee handen, een fruit-
schaal... galavisioen. Icoon van de dag. Een brokje van
de oneindig langzame explosie. En – goed kijken! – het
komt nooit terug. Onstuitbaar en onomkeerbaar ver-
vliegt het lichaam, het brokstuk van een enkele onmetelijke BEELDPERMANENTIE... O, het verder spreken!
Het zich steeds nieuw vormende, steeds weer terugwij-
kende einde, nooit definitief. Het Oknos-touw dat we
eeuwig nutteloos met woorden moeten vlechten zodat
de ezel het steeds weer stuk kan bijten... Mijn onaangedane, onbeheerste spreken, was dat wat je me verweet?
Ja, een spreken zelfs dat je een zekere harteloosheid
wilde verwijten en die bedroevend hoge mate van zelf-
bewaking die geen vrije, onbeholpen-charmante uiting
meer doorlaat... Ach, lieve kind! Weet je eigenlijk wat
zich achter de banale uitdrukking "waken" afspeelt? Ik
waak... ben gruwelijk wakker. Op aarde is nauwelijks
nog iets dat niet mijn vluchtinstinct heeft geprikkeld.
Ik ben een dier van vrezende geest... Ik? Mij? Beheersen?... Je zult begrijpen dat ik die eis afwijs, want hij is
even absurd als een tragelaphos op het hart drukken
dat hij definitief voor een van zijn lichaamsdelen moet
kiezen, moet beslissen of hij nu helemaal os of helemaal hert wil zijn... of van de myrmecoleo vragen dat
hij nu leeuw of mier zal zijn. Op een onchristelijke tijd
heb ik mijn tijd bezocht. Ook de goede, de beste mens
die op een onchristelijke tijd het huis betreedt verbreidt
schrik en angst. Ik *zoek* mijn meester sedert ik een
worm op aarde ben... Ik, ik ben de aanbieding – en in
mijn kromheid zo'n gunstig aanbod dat juiste maat en
fatsoen aan mij afgemeten pas weer goed te begrijpen
zijn. Ik geloof dat het Groethuysen was, de wonderbaarlijke Groethuysen, die alleen al naar de wereldhar-
monie van het socialisme hunkerde opdat er ooit geen

mensen meer zoals hij zouden zijn!... Stel je eens voor: sinds tweeduizend jaar hangen kerels als hij en ik met rokende koppen op aarde rond, ongeluksraven en dralers die de atmosfeer verpesten met hun levensvijandige gedachtenuitlaatgassen. Ieder die handelt is bij hen vergeleken een zuiveringsinstallatie, de denker daarentegen vaak een smerige fabrieksschoorsteen die sanering behoeft... Het gehele onderzoekersleven van een mens weerlegd, bouwvallig geworden, voor altijd overbodig. De geschiedenis van de wetenschappelijke vooruitgang wordt in de eerste linies door verliezers bestreden. Een enkele "vondst" – een enkel nieuw onderzoeksresultaat dat een veel minder briljante kop soms bijna door toeval, maar in elk geval op de schouders van de reus en zonder levenslange inspanning, of zelfs alleen maar door instinctief verzet tegen de heersende theorie, zo maar aan het licht bracht... Nog aan het einde van de vorige eeuw geloofde men dat het zenuwstelsel uit met elkaar verbonden "buisjes" bestond. Dat was de hypothese van de zogenaamde reticulisten. Toen kwam er iemand – Cajal – die bewees dat het zenuwsysteem uit individuele, van elkaar gescheiden cellen, neuronen, bestaat waartussen zich een smalle spleet bevindt, de synaps. Einde van de reticulisten. Of ook Mach, die het bestaan van atomen ontkende, of moeten we zeggen – niet waar wilde hebben? Cuviers onwrikbare geloof in de duurzaamheid der soorten. Louis Agassiz, het laatste grote bolwerk tegen Darwin, bleef – eenzaam, treurig en vroom – vasthouden aan het idee dat de soorten de vleesgeworden belichaming van de ideeën Gods waren... Margaret Meads theorie over de vredelievende natuurvolksstam, afgedaan. Whorfs theorie van de Hopi-taal, weerlegd. Het levenswerk... iam perlucente ruina... de ruïne schemert er al door-

heen... Ik heb medelijden met... met wie of wat? Niet
meer te onderscheiden. Alles en iedereen, elk uur, elk
kind, de rijkdom aan gemaakte en rondslingerende
werken die niemand gebruikt, ik heb naamloos medelijden, medelijden op zich... Ik ben bang voor de man
met het overzicht, de herinneringscycloop, de ijskoude
mutanten van de mnemosyne die op het kruispunt van
het technische en collectieve geheugen ontstaan... de
hyperherinneraars (met uitschakeling van het revolutionaire hart)... en dichters die als met hun vingers de
uitgestrekte hand van de nega-poëet beroeren... Vaten
die niets teruggeven in plaats van de korven en kruiken
die eens overvloeiden. Op uitgelezen punten staan koppen op de grond die inwendig steeds holler worden
door het bevatten. Die eindeloos in zich opnemen en
niets teruggeven. Korven, allemaal gezwellen van het
leven en de dode wereld, die zich vullen tot alle ruimte
vol is. Waarmee je de begerige vaten ook vult, het ver-
hoogt slechts de dichtheid van hun leegte... De holle
ziet zijn rechterhand urenlang omhoog klimmen langs
de trapleuning... Ik ben het stuwmeer: in mij eindigen
de woeste bergbeken en het stormachtige verloop der
handelingen. Ik ben daad-delgend, zin-oplossend, sa-
menhang-splijtend. Ook jij, die met wapperende gewa-
den terugkeert, mondt uit in een daadloos verwijlen dat
door de velen wordt voortgebracht die in mijn kamer
bijeen zijn en, heen en weer ijsberend, nauwelijks nog
van elkaar te onderscheiden zijn. Ik bezweer je, alles
wat mij bereikt mondt uit in stilstaande wateren...
Maar nooit zal ik het *gezang* der ideeën vernemen die
zich van de aarde hebben verheven, op de wind drijven
en nergens meer vasthaken, geest die zonder meester
rondzwerft, uit de gemeenschap der wetenschap weg-
gezonden, nu eens hier, dan weer daar door de donkere

dromen van een mens spookt, maar hem niets openbaart waarvan hij zou kunnen spreken, hij heeft haar alleen... bespeurd, zoals ook de kerk weg is, uit de gemeenschap is geweken en bij gehoorzamen haar intrek heeft genomen. Maar zal uit de vormeloze chaos ooit nieuwe orde ontstaan? Nooit. Ons oude, nu al niet meer adequate spreken zou door een nog hoger ontwikkelde orde dan de onze al is, in nog grotere verwarring geraken. Die zouden we in de taal niets passends te bieden hebben. Dus zou de "verantwoording" bij de technici met overzicht liggen. Maar orde groeit geleidelijk naarmate onze *voorstellingen* van orde afsterven... Wist ik maar hoe je de harmonie kunt vangen die vrij rondzweeft, die mij zoekt zoals ik haar... Als de toekomst aan de fanaticus en de technicus is, dan kan alleen de doorschemerende *in het heden* leven. Ik hoor niet thuis in mijn tijd, en ieder die er thuishoort is de slaaf ervan. Bijgevolg zal niemand hem hebben opgemerkt, zijn tijd... Wie was die man van wie ik redenen had hem vijftien jaar lang als mijn beste en enige vriend te beschouwen en die ik vervolgens van de ene op de andere dag kwijtraakte zonder dat er onenigheid of een krenking aan vooraf was gegaan, gewoon zo maar, door een explosieve vaagheid van motieven zoals alleen een hecht contact, het gesloten systeem van onze vriendschap zelf kon voortbrengen, een plotselinge definitieve afkeer die uiteindelijk door een te grote wederzijdse genegenheid teweeg werd gebracht...? Aan hem heb ik mijn opvoeding tot partner te danken... Wat er gebeurde hebben hij en ik altijd aanvaard en diepgaand besproken, we hebben alles aanvaard, en het aanvaarden heeft vooral mij tot een rond hol vat gevormd... een sprookjesachtig omgekeerd vat dat klinkender werd naarmate het zich verder vulde, een vat dus vol galm en echo. Niettemin had ik gehoopt dat langdurig discussiëren, een soort zelfverdoving van het denken ons omzichtig over het einde heen zou tillen, ons de snede, de willekeurige versnippering, de mythe van de snede niet al te zeer zou laten voelen... De tweede Duitse staat loste juist in het niets op, de muur was al gevallen toen we voor het laatst met elkaar telefoneerden. Ik liet me in dat gesprek laatdunkend uit over een door hem zeer gewaardeerde protestantse theoloog/oost, die zojuist op de radio een zijnerzijds zeer gewaardeerde protestantse theoloog/west had geciteerd, en wel met de godslasterende zin: "Dagelijks dank ik God dat de DDR nog bestaat." Dat was nu juist ook het gebed van mijn beste vriend. Hij had zich in alles vergist, en het was beter geweest als hij op het ogenblik dat ik mijn arrogante laatdunkende woorden te berde bracht in woede was ontstoken tegen mij en de luie zege van mijn emoties. Maar hij slikte het in, hij zweeg en liet niets meer van zich horen. Ik hoorde alleen nog van hem via verwijderde derden, groeten en laten groeten, niets bracht ons weer tezamen. Dat was de grote breuk van de vereniging, voor mij een instorting... Mijn beste vriend – een affectieve uitdrukking uit de kinderjaren die ik tot op rijpe leeftijd had bewaard – en nu is met het verdwijnen van deze vriend het hele begrip opeens weg en denk ik soms dat ik me werkelijk kinderlijk dromend aan die uitdrukking had vastgeklampt en dat dit de eigenlijke oorzaak voor het mislukken en ontsporen van onze relatie was. Ik ervoer nu pijnlijk dat de beste vriend in het leven nu eenmaal geen opvolger kan hebben. Als je het in de liefde over de "enige" hebt is dat in het algemeen een charmante metafoor, terwijl in de vriendschap de "beste" heel direct en onverbloemd het wezen van die vriendschap bepaalt, zodat die als begrip, als ervaring, als bestaansvorm niet meer existeert zodra hij wegvalt... Slechts met mijn vriend, slechts in vertrouwen ben ik in de taal geweest. Het was nooit zo geweest dat ik mijn hele vertrouwen in de taal zelf had moeten stellen. De taal kwam en ging vóór hij verstaan werd, hij was als de bladeren in de wind die fluisteren of geluidloos naar beneden vallen. Hij was nu eens vrij tot op het schaamteloze af, dan weer ingesnoerd als een Spaanse hoveling... Het ergste is: ik mag niet meer antwoorden. Ik heb het beste van mezelf in het antwoorden gegeven. Voor mijn taal heb ik de dialoog nodig gehad zoals het oog licht nodig heeft om te zien. Maar uiteindelijk heb ik de dialoog misbruikt... De grote collegezaal is onderverdeeld in een stuk of zes collegehokjes... Mijn oude zaal, waar ik als jongen al allerlei wetenswaardigs hoorde over Nasser, Nanga Parbat, Leningrad... en het nu in deze oude zaal eindelijk eens te kunnen uitspreken: Sint Petersburg! en te weten dat de halve wereld waarin je bent opgegroeid verzonken en ingestort is. Hoe graag had ik het niet nog tegen hem, tegen mijn beste vriend willen zeggen en van hem willen horen: *Sint Petersburg...* Ik bracht een dag door bij de globeplakster. Ze legde me uit wat ze deed. De bol werd met de hand centimeter voor centimeter beplakt. Een goede plakster haalt er twintig tot dertig per dag. Ik raakte haar smalle handen aan die zo goed in de wereld thuis waren. Ik vroeg me af of een tijd zou aanbreken dat er geen globe meer klaar komt?... Scheuren als spoor van de wereld. Craquelé van een oud, verdonkerend beeld. Bliksemflitsen van dorheid in de droge modder. En vurige aderen in Atlas' lichaam. Afbrekende klanken van gevallen hobo's. En ook de oorsprong van de buikige kruik waaruit de ene ongedeelde tijd stroomt, langzaam, sneller en sneller... Wij onder de wortelgaffel van de bliksemflitsen... maar ook deed zich de heilige omkering voor, stonden de bomen kroonvoetig met hun wortels naar de hemel...'

Het was het 'Hier houd ik op' dat nu volgde en dat ze al vele malen van hem had gehoord als hij bij het praten in moeilijkheden kwam en van de hak op de tak sprong. Hoe had ze kunnen vermoeden dat het op een dag werkelijk zijn laatste woorden zouden zijn? Ze zag het gezicht van de man die zojuist verstomd was, een bijna kinloos gezicht, neus op bovenlip, kort jongensachtig haar, een ingestort gezicht, een zure pruim van ontroostbaarheid. Die verschrompelde kopjes met hun vuistgrote gezichtjes zijn van grijze kindmensen.

Ze zei dat het praten zelf hem altijd sneller had doen spreken. Ten slotte had hij steeds heftiger gesproken, steeds onlogischer en onverstaanbaarder tussen wijs- en middelvinger door die als een halfopen schaar om zijn lippen lagen, zodat ze hem nauwelijks nog begreep, maar hij wilde absoluut praten, aldoor maar praten, leek het, om zichzelf in een toestand te brengen die hem tot getuigen in staat stelde.

Ze hield zijn hand vast. De schone indolente rustte naast de man wiens haar te berge was gerezen, terwijl zij haar prachtige kroeshaar had losgemaakt en op het kussen uitgespreid, traag en geduldig zoals hij het graag zag. Zo lag ze naast hem, het ideaalbeeld van goedmoedige wellust, naast de man die ontzet was, die van haar lichaam alleen de hand, niets dan de hand die hem vasthield nodig had.